「千隼、愛してる……」 紫凰が甘い声音を響かせて抽挿を速め、
やがて千隼の中で大きく爆ぜた。（本文より抜粋）

DARIA BUNKO

白虎王の愛婚～誓いの家族～

鳥谷しず

ILLUSTRATION 高星麻子

ILLUSTRATION
高星麻子

CONTENTS

白虎王の愛婚～誓いの家族～

髪に花の歩揺《ほよう》が挿《さ》され、薄い珊瑚《さんご》色の紅が唇にすっと載せられる。

「とてもお美しゅうございますわ、千隼《ちはや》様」

「本当に。白珠の肌は神々しいまでに澄んで清らか。豊かな御髪《おぐし》の黒はしっとりとして、まるで濡れたよう。何より、涼やかなお目の、黒水晶かと見まごう煌《きら》めきの眩《まぶ》しさ！」

「さすがは、稀代《きたい》の神子《みこ》と謳《うた》われた空雅《くうが》様の忘れ形見ですわ」

約百年ぶりに神託の下った聖婚《せいこん》の準備のために六日前、皇都からはるばるこの笹椋《ささむく》へ遣わされてきた十名を超す獣人の女官たちは口々に褒めそやす。

それぞれの長くつややかな、黒や金や白の自慢の尾を優美に揺らしながら。

「この広い金瑠璃皇国《きんるりこうこく》のどこを探しても、これほどの美姫《びき》は見つかりませぬ」

「ささ。どうぞ、ご覧くださいませ」

座らされている椅子の前へ、同じ白い猫耳を生やした双子の女官がふたりがかりで大きな丸鏡を運んでくる。

格子窓から、蝉《せみ》の声と共に流れこむ夏の陽光を反射してきらきらと光るそこに、こんな辺境の地ではまず見かけることはない神子族独特の、一見して男とも女ともつかない高雅な衣を纏《まと》った姿が浮かび上がる。

湯浴《ゆあ》みと香油で徹底的に磨きこまれた肌を包みこむ、あでやかな絹の長衣。特別な染料で繊細な彩色を施された爪。丁寧に梳《くしけず》られてつやを宿し、高く結い上げられた髪。

獣人のそれとは位置も形も違う人間の耳と、女の膨らみを持たない胸もとで、千隼に欠けているものを補うかのように眩しく輝く宝玉。

鏡の中に映っているのは、武官でもなければ、二十四の男でもない。

――まるで孔雀《くじゃく》だな。

視線を空へ漂わせ、蘭《あららぎ》千隼は内心で苦笑する。

「こちらへ到着した日に、汚泥にまみれて、血の滴《したた》る刀を振り回されている、まるで悪鬼のようなお姿を拝見したときには、我ら一同、卒倒しかけましたが……」

「ええ、ええ。まことに……」

皇都へ上り、聖婚の儀式をすませれば、千隼は聖宮《せいぐう》となる。だが、まだ笹椋にいるうちは、この地の治安を担う十の警衛隊のひとつ、二番隊の副帥《ふくすい》のつもりだ。

六日前の、千隼が指揮を執った盗賊団の捕縛の場にたまたま行き合ってしまった不運を思い出しているらしい女官たちの頭の上で、猫や豹《ひょう》の形をした耳が一斉にぺたりと低く倒れる。

「皇城でお待ちの皇子《みこ》様方は、千隼様をご覧になったら、この輝くばかりのお美しさにさぞ驚かれることでしょう」

「ええ、ええ。まことに……！」

力なく寝かせていた耳を今度は皆で同時にぴんと立たせた女官たちは深く頷《うなず》き合いながら、千隼を見つめる。

この六日間で成し遂げた自分たちの労作に酔いしれているのか。あるいは、役目を果たして、これでようやく鄙《ひな》びた僻地《へきち》から皇都の榛沙《はりざ》へ戻れると喜んでいるのか。

たぶん、その両方だろう。

千隼はそんな当たりをつけ、「それにしても」と口を開く。

「皇都へはここから半月。笹椋を出れば、すぐに竣嶺《しゅんれい》で、賊の出没も多い雁鐘山《かりがねやま》も越えねばなりません。今ここで、こんな孔雀のような格好をする必要などあるのですか？」

言って、千隼は椅子から立ち上がる。

十年以上、常に佩《は》いていた刀がない腰の軽さが心許《こころもと》ない。

「そもそも、どの皇子を皇太子にするかを選ぶのは私のはず。なのに、なぜ私のほうが、男の気を必死で引こうとする妓女《ぎじょ》よろしく、このように身を飾り立てねばならぬのですか」

普段、隊の者を前にしているときのように、うっかり「俺」と口にしたり、荒い言葉を使ったりしないよう気をつけつつ、千隼は不満をこぼす。

すると、女官たちもいっせいにため息をこぼした。

「ひどうございます、千隼様。我らがこの六日間、昼夜を問わず千隼様の御為に尽くした努力の成果を、孔雀や妓女などに喩《たと》えられるとは……！」

「そうですわ。聖宮に選ばれた千隼様は、遠からず聖太母《せいたいぼ》となられる御身。たとえ、どこにおいでであろうと、保っていただかねばならない品位というものがございます」

「それに、そろそろご到着の、千隼様を皇都までお送りする群行を率いられるのは、」

千隼を取り囲む女官が、何かを言いかけたさなかのことだ。

邦守《ほうしゅ》の館の奥まった場所にあるこの部屋の外でふいに複数の足音が響いたかと思うと、「邪魔をするぞ」と声がして、妻戸が開いた。

腰に刀を差し、手甲《てっこう》をつけた武官装束の醒《さめ》ヶ《が》井《い》融《とおる》が無遠慮に室内へ入ってくる。

笹椋警衛十隊の二番隊主帥《しゅすい》にして、獣人ではなく人間の一族でありながら、この地方で随一の権勢を誇る豪族の長《おさ》の末息子だ。

千隼より十歳年上のその上官の堂々とした体躯《たいく》の後ろには、慌て顔の邦守・和久《わく》の姿もある。黒狐の獣性を持つ和久は、大きな黒い三角耳をおろおろと上下させている。

「何用ぞ！」

女官たちの中で最年長の、四十路《よそじ》前後だろう乙切《おとぎり》が、その赤貂《あかてん》の丸い耳を反らせて突然の闖《ちん》入者《にゅうしゃ》たちを睨《にら》みつけ、声高に問い質《ただ》す。

「あんた方に用はないが、蘭に話があってね」

乙切をはじめとする女官たちが強烈に放っている獣人であることの自尊心や、皇都の雅《みやび》やかな香りにまるで物怖《ものお》じせず、醒ヶ井が肩をすくめて言う。

「聖宮様となられるお方に向かって、一介の武官ふぜいが無礼なっ。身の程を弁《わきま》えぬか！」

「いずれは尊い聖宮様でも、まだ今、そいつは蘭千隼で、俺の副官だ。ちょっと話をするくらい、いいだろう」

「何という慮外者か……！　和久殿っ。ここへは下賤《げせん》の者は近づけぬよう、お願いしたはずではありませぬかっ」

乙切の眉がますます吊り上がる。

「も、申し訳ございませぬ……。その、ですが……、何ともはや……」

この金瑠璃皇国は、皇都榛沙と七十六の邦《ほう》から成る。そして、それらの邦はそれぞれの産物の取れ高や豊かさなどによって、大邦《たいほう》、上邦《じょうほう》、中邦《ちゅうほう》、下邦《げほう》に分けられていた。

笹椋は下邦だ。決して貧しくはないものの、領土の大半が異国と接しており、国境《くにざかい》となる雁鐘山では異人の野盗が頻繁に現れるため、皇都では野蛮な辺境地と見なされているのだ。

今年の春、そんな下邦の邦守となり、皇都から赴任してきた和久は貴族としても役人としても下級で、昇殿すら許されていない身だ。皇城勤めで、聖宮舎の女官長に任じられている、遥か高位の乙切に逆らえるはずもない。

しかし一方で、和久の立場では醒ヶ井も無下《むげ》にはできなかった。中央の威光が届きにくい辺境であればあるほど、任期を恙《つつが》なく終えるためにはその土地の有力者との協力関係が不可欠となるからだ。

笹椋一の豪族の長の愛息に「蘭に会わせろ」と乗りこまれ、断り切れなかったらしく、しどろもどろで乙切に頭を下げる和久は、千隼の知る貴族の中では最もまともな男だ。

気が弱く、のんびりしすぎ、邦守としてはあまり頼りにならないが、弱者を慈しむ心を持っている。人間を、人間だからという理由で見下すこともない。

神子族を父親に、人間を母親として生まれた千隼のことも珍しがりはしたものの、嫌なことは何も言わなかった。

そうした素朴な善人である和久の狼狽《ろうばい》しきっているさまが、千隼は気の毒になる。

「主帥がおいでになったら必ずお通しするよう、私が和久様にお願いしておりました。皆様、しばらく外していただけますか？」

乙切たちは醒ヶ井の不躾《ぶしつけ》な態度がひどく不愉快そうではあったものの、結局は千隼の希望を叶えてくれた。

ふたりだけになったとたん、醒ヶ井が値踏みをする目つきで千隼の周りを回り出す。しげしげと眺められ、気恥ずかしさを煽《あお》られて落ち着かなかった。しかし、「見ないでください」などと求めれば、たっぷり揶揄《からか》われるに決まっている。

「……で、お話とは？　何か急な事変でも？」

千隼は冷静を装って問う。

「いや。一言、別れの挨拶《あいさつ》を、と思ってな」

「別れの……？」

「ああ。望楼《ぼうろう》から、騎兵が十騎ほど雁鐘山を下ってくると報《しら》せが来た。皇都への群行の護衛隊らしいな」

そうなりたいと望んだわけではないがほかに方法がなく、千隼は聖宮役に自ら名乗りを上げた。その手前、皇都からの迎えの先陣として送りこまれてくる世話係の女官たちとは、それなりの皮を被って会うつもりだった。

笹椋警衛十隊の中でもとりわけ荒くれ者が多い二番隊の要となって十年以上。日夜、無数の者の血を吸った刀をふるっていた千隼は、都の貴人たちから見れば、ほとんど蛮族だろう。けれど、元は皇都の生まれだ。かつては、存命中だった皇太后の寵愛《ちょうあい》を受けていたこともあるのだから、素質はなくもないはずだと自負していた。

それに、「蘭が聖宮とは！」と飛び上がって喜んだ醍ヶ井家の当主が絹や錦の衣を山のように揃《そろ》えてくれたし、皇都の下級貴族の出の奥方から礼儀作法の特訓も受けた。

なのに、女官たちの到着が一日早まり、その報せが上手《うま》く届かなかったせいで、綺羅《きら》の衣ではなく、血と土埃《つちぼこり》を纏う素の姿を晒《さら》す羽目になった。

女官たちは、賊の返り血に塗《まみ》れた千隼を見て卒倒せんばかりに震え上がった。そして、想定外のその対面に千隼が肝を冷やすより先に、絶叫した。

『こんなにも麗《うるわ》しいお顔をされていますのに、何とおいたわしい……！　我らが必ず、千隼様をこの金瑠璃皇国一の美姫にしてさしあげますわ！』

何やら奇妙な使命感を燃え滾《たぎ》らせたらしい乙切たちによって、千隼はその場でなかば拉致《らち》されるように隊から引き離された。

そして今日までずっと、湯浴みと香油責めの憂き目に遭いながら、誰の目にも触れないようにこの館の奥に閉じこめられていた。

だが、笹椋を発《た》つ前に、醒ヶ井や隊の者たちと会うことは許されている。

それは、醒ヶ井にも伝わっていると聞いている。

望楼から見えたのであれば、護衛隊は四半刻もすれば到着するだろうけれど、皇都への出発は明日の予定だ。こうして押しかけ、わざわざ女官たちの不興を買わなくても、言葉を交わす時間はあるはずなのに。

そう不思議に思い、首を傾《かし》げた千隼に「風読《かぜよ》みが嵐を予見した」と醒ヶ井が告げた。

風読みとは天候を占う術者のことで、中務省《なかつかさしょう》が管轄する天文寮《てんもんりょう》に所属する役人でもある。

各邦の邦守府に必ず数名が常駐しているし、あるていどの規模の街では在野の風読みも珍しくない。雁鐘山で山狩りをすることが多い二番隊専属の風読みにいたっては、醒ヶ井が拾った元行き倒れの流れ者だが、その腕は確かだ。

「明日の昼から大雨で、何日か荒れるらしい」

千隼は、蝉の声がうるさく響く窓の外を見やる。

青く澄み渡る空に雨の気配はない。だが、笹椋の夏の空はいつも急変するものだ。

「伝令の話じゃ、皇都からのご一行はかなり馬を飛ばしているそうだ。あちらさんも風読みは同行させているはずだし、嵐の到来を知ってるようだな」

言って、醍ヶ井は板張りの床の上に円座《わろうだ》も敷かずに直接腰を下ろして胡座《あぐら》をかく。

千隼も床の上に座り、醍ヶ井と向かい合う。

「おそらく、雲が出る前に、山越えをする気だろう。笹椋《こっち》へ到着したら、すぐさまお前を輿《こし》へ押しこんで、そのまま発つ算段だろうから、かっ攫《さら》われる前にこっちから会いに行っておくべきだろうと思ってな」

「そうでしたか……」

「ああ。そういうわけだ」

頷いた醍ヶ井が「それにしても」と千隼を見やる。

「翅《はね》がなくても身軽さは人間どころか獣人を遥かに凌《しの》ぐし、どれだけ陽に当たろうが肌は極上の真珠みたいな色のままだからなあ。父親が神子族だって話を疑ってたわけじゃないが……、まさか、お前が聖宮になるとはな」

感慨深げな眼差しで、千隼をまっすぐに見返す。

「主帥。俺は皇城での役目を終えたら、帰ってきます。ですから、主帥に拾っていただいたお礼をここで言うつもりはありません」

「見世物一座の小童《こわっぱ》を上級武官にまで引き上げてやったのに、恩知らずな奴だ」

醍ヶ井は口の端を吊《つ》り上げて笑う。

「主帥へのご恩返しは、俺の一生をかけてする所存です。一年経てば戻ってきますので、隊での俺の籍は空《あ》けたままにしておいてください」

聖宮となることが正式に決まったひと月前から何度も願い出、そのつど答えをはぐらかされ続けていたことを千隼は繰り返す。

「主帥、どうか今日は返事をお聞かせください。でないと、俺は笹椋を出られません」

「馬鹿を言うな。事はもう、お前の意思を超えて動いているだろうが」

そう告げて、醒ヶ井は立ち上がる。

「蘭よ、俺はお前が可愛《かわい》い。だから、そんな約束はできん。笹椋ごときに、お前の骨を埋めさせたくはないのだ」

普段は怖いほどに眼光の鋭い双眸《そうぼう》が、穏やかに細くなる。

「将来の帝を生んだあとの人生をどう生きるか、それはそのときのお前の心に従って決めろ」

「主帥……」

「そんな恨みがましい顔をするな、蘭。今は必ず帰ってくるつもりでも、一年も経てば考えは変わるかもしれんぞ。そのときは、文《ふみ》で報せろ。皇都の美味《うま》い酒も一緒に添えてな」

にっと笑い、醒ヶ井は部屋を出て行った。「隊の連中には、お前は天女みたいなべっぴんに上手く化けて旅立ったって伝えておく」と、言い残して。

ひとりになると、ため息が細く漏れた。

だが、感慨に耽《ふけ》る間もなく、邸《やしき》の中が俄《にわか》に騒がしくなった。窓の向こうからは、「馬に水を！」「替えの馬を早う！」などと叫ぶ男たちの声がかすかに聞こえてくる。

様子を見に行こうとしたとき、慌て顔の乙切が「失礼いたします」と部屋に入ってきた。その背後には、ひとりの帯刀した若い男の姿があった。

紺地に金と銀の刺繍《ししゅう》が施された狩衣《かりぎぬ》の上に、軽装だが雅やかな装飾の施された鎧《よろい》を纏い、長い黒髪を半分は高い位置で束ね、残りは背へすべらせている。

すらりと優雅に背が高く、涼やかな目もとが印象的な白皙《はくせき》の面は際立って秀麗だ。その豪奢《ごうしゃ》な出で立ちはいかにも獣人の貴人らしいものの、耳も尾もない。しかし、感じる気配は人間のそれとは違う。

隠そうとしていれば判別に迷うこともあるけれど、この貴人にはそんな意図はないようで、獣人の気をはっきりと漂わせている。

獣人は己《おのれ》の身を獣姿《じゅうし》に変えることができるのはもちろん、人間とまったく同じ人姿《じんし》になることも、人姿のまま耳と尾だけを出して獣性を示す半姿《はんし》という形を取ることもできる。

もっとも、獣人が獣姿を見せるのは家の中などのごく寛《くつろ》いだ場所に限られているし、人姿はよほどその必要に迫られたときにしか取らないものだ。だから、獣人は人前では半姿であるのが常だが、乙切が連れているこの貴人は何か理由があって人姿になっているのだろうか。

それとも、両親のどちらかが人間で、獣性を示すことができないのだろうか。

そんなことを考えていたさなか、ふと既視感を覚えた。

脳裏に薄ぼんやりと、遠い昔の記憶の影がちらついた気がした。それを捉えようとして、双眸を細めた千隼に乙切が言った。

「千隼様。皇都への群行を統帥されます雪垂宮《ゆきしずりのみや》紫凰《しおう》親王《しんのう》様にございます」

告げられたその名に、鼓膜を斬りつけられたような痛みを感じ、千隼は息を呑んだ。

「蘭家の一の宮様、御意《ぎょい》を得まして光栄に存じます」

紫凰が、千隼の前で恭《うやうや》しく膝を折る。

「雪垂宮紫凰、皇都よりお迎えに参じました」

最後に会ったのは、もう十三年も前。

だから、すぐには気づけなかったけれど、そう思って見てみればこの顔は確かに紫凰だ。

――かつて、千隼と固く誓い合った将来の契《ちぎ》りを違《たが》えた、白虎《びゃっこ》の皇子の顔だ。

金瑠璃皇国。

――中央大陸の東の端に位置し、複数の金山と肥沃《ひよく》な土地を有し、豊かな海の幸にも恵まれた大国。

――古来より数多《あまた》の国々の勃興と滅亡が繰り返されてきたこの大陸において、最も古い歴史を誇る国。

——二百年前の近隣諸国との大戦に白虎帝・槐《えんじゅ》が勝利して以降、長きにわたる平和を保ち続けている夢の国。

——神の子たちを始祖に持つ聖なる国。

金瑠璃皇国の名を耳にした者の脳裏には、そうした様々なことが過《よ》ぎるだろう。

だが、誰もがまず、何よりも先に思い浮かべることがある。

——この世で唯一の、獣人の国。

もっとも、金瑠璃皇国には獣人しかいないわけではない。

獣人の数には劣るものの、人間の民も多くいる。

そして、皇都を守護する霊山・天霧山《あまぎりやま》には、空を舞い駆ける翅と、予知や念力などの不思議な力を持つ神子族が。

金瑠璃皇国は太古の昔、天から下ってきた神の子たちが、山河《さんが》に棲《す》まう様々な生き物に知性と人の姿を与えて興させた国だ。この国が「聖なる国」と呼ばれる所以《ゆえん》であり、創始の皇族にして、神の子たちの末裔《まつえい》が神子族だ。

獣人を導き、豊かな国を創り上げた神子族は千年ほど前、獣人の寵臣《ちょうしん》に国を譲り、天霧山にこもった。

『新たな皇家《こうけ》を成せ。そして、天と帝を繋《つな》ぐ橋となれ』

そう神託が下ったためだ。

以来、天と神子族から国の繁栄を託された獣人の皇家では、守り続けていることがある。

――皇太子の選出は、神子族の長と皇帝の合議に依《よ》ること。

――ただし、国の神性を保つために、その神託が下った際には皇太子が神子族の処女と交わり、生まれた子を次の皇太子にすること。

神子族は男女ともに子を生むことができ、その身体が純潔の場合、受胎はたった一度の交わりで成される。そして、最初の子は必ず男だ。

つまり、皇太子の精を受けた神子族の乙女は、必ず未来の帝の母となるのだ。

しかし、その者が皇太子妃になるとは限らない。

そもそもが神聖な血脈を繋ぐことのみが目的の契りなので、神託が下ったときに皇太子にすでに妃《きさき》がいることも珍しくない。

神子族は元々、獣人や人間と比べて情が薄い種族である上、天霧山にこもる暮らしを続けるうちに俗世を厭《いと》う気質を強くした。だから、「子を生《な》す」という役目を果たしたあとは、ほとんどの者が皇太子の妃となることも国母の地位も拒んで、天霧山への帰山を望むのだ。

示された意思は尊重される決まりで、神子族の乙女が生んだ皇子は、皇太子が娶《めと》った獣人の妃が養母となって育てるのが一般的だ。

そのため、皇太子と神子族の乙女との婚姻は、獣人の皇族や貴族の姫を娶るそれとは明確に区別されている。皇太子と契ることを「聖婚」、聖婚の儀を終えた者を「聖宮」、次の皇太子が無事生まれたあとは「聖太母」と呼んで。

み月前、その聖婚の神託が天霧山に下った。

『蘭家の乙女が選んだ皇子を皇太子とし、帝となる子を生ませよ』

約百年ぶりとなる今回のそんな神託は、皇城と天霧山を大いに驚かせた。

通常、聖婚の神託が下る際には必ず立っているはずの皇太子が、まだいないからだ。

皇太子候補は、第一皇子である弾正尹宮《だんじょういんのみや》夕飛《ゆうひ》親王《しんのう》、第二皇子の兵部卿宮《ひょうぶきょうのみや》来須《くるす》親王《しんのう》、そして先帝の皇子で今上帝《きんじょうてい》の異母弟に当たる続琉《つづる》親王《しんのう》の三人に絞られてはいる。

だが、皇帝も神子族の長も、その選定にはひどく慎重になっていた。

ここ数年、周辺諸国に「反金瑠璃皇国」の旗印を掲げて同盟を結ぼうとする不穏な動きが見られることが原因だ。

もし、攻め入られるような事態になれば、皇太子は兵を率いて出陣せねばならない。自ら率先して国と民を守ること――それが、次代の帝となる者の務めだからだ。しかし、どの皇子も玉座に就く資質を十分に備えているとは言い難く、皇太子選びは難航していた。

過去にも何度か、様々な理由で皇太子の選出に長い時間を要したことがあったものの、今回のように神子族の乙女を選者とする神託が下ったためしは一度もない。

何よりも、「蘭家」という指名に、天霧山の神官たちは動揺した。

天霧山では、蘭の血筋の者は蘭空雅を最後に途絶えたことになっているからだ。

蘭家のひとり息子だった空雅は、自身がそう望めば次の長となったはずの希有《けう》な力を有していた。しかし、強すぎる力といささか特殊な生まれのためか、空雅は生来の変人でもあった。

神子族の大半が天霧山の中で一生を終えるのは、聖宮に選ばれた者と長の命《めい》を携えた使者を除き、神子族がその姿を現していいのは皇城のみ、という暗黙の掟《おきて》があるからだ。

それは、神の子の末裔であることへの高い誇りと俗世を厭う気質ゆえに、いつしか生まれた掟だった。

しかし、空雅は天霧山に閉じこもる生活を嫌い、皇都の花街へ繰り出して俗世での遊びを好んで長や神官たちの怒りを買い、その果てに人間の旅の一座の踊り子・清風《きよかぜ》と恋に落ちた。

神子族の婚姻は長が厳しく管理している。

天霧山という閉鎖された空間でのみ生きる神子族は、年月を経るごとに減ってゆく運命《さだめ》だ。それでも、聖婚を通して皇家に神性を与える役目を果たしていかねばならない。数が極端に減らぬよう、そして近すぎる交わりで血が弱くならないよう采配するのが長の最も重大な責務だった。

つまり、神子族の婚姻とは血を強く正しく保つために成されるものであり、人間と夫婦になることなど到底許されるはずもない。

だから、空雅は天霧山と翅を捨て、清風と生きることを選んだ。

すぐに千隼を産み、その二年後には妹の清良《きよら》を産んだ清風を空雅はもう舞台には立たせず、代わりに自分が旅一座の一員として占いをして家族を養った。そして、年に一度の皇都への夏巡業の際、空雅は子供たちを連れて母親の緋咲《ひさき》と密《ひそ》かに会った。

神子族の出産は、獣人や人間のそれとは大きく異なる。

なぜなら、神子族の子供は、天霧山の神殿に聖花卵《せいからん》として実るからだ。

宿った聖花の中で十月十日を過ごし、この世に生まれ出るまで、その世話をするのは薬師《くすし》のみ。ほかの者は、たとえ親であっても聖花卵を目にすることはできない決まりだ。

それゆえに、神子族は親子の情が薄い。しかし、緋咲は薬師で、空雅が宿った聖花卵を自らの手で育てた。だから、空雅と緋咲には、神子族には珍しい強い母子の絆《きずな》があったのだ。

空雅がふたりの子供を連れて、緋咲と会う場所はいつも決まっていた。

皇城の中の、皇太后の舎殿だ。

腕のいい薬師だった緋咲は、皇太后のお気に入りだった。月に何度か召されていた皇城と天霧山が緋咲の知る世界のすべてだったが、空雅は追放された山へはもう入れなかったため、皇太后が自身の舎殿を密会場所として使わせたのだ。

夏には、祖母と皇太后に可愛がられて美味しいものを食べる。ほかの季節は、教養豊かな才人だった父親から書を読む楽しさを、母親からは詩歌を学びながら、一座の仲間たちと国中を旅して回る。

そんなふうに過ごしていた子供の頃は、いつも喜びに満ちていたように千隼は記憶している。幸せな日々が、いつまでも穏やかに続いてくれれば、どんなによかっただろう。

けれど、千隼が十二になった年の夏、国中で恐ろしい病が流行《はや》り、千隼の大切な人々の命を次々と奪っていった。

祖母と皇太后、両親、一座の仲間たち。

あっという間に誰も彼もがいなくなってゆく中、座長が千隼に言ったのだ。

『なあ、千隼。清良を花房《はなぶさ》様のところへ養女に出しちゃどうだ？　この流行病で、お嬢様方をみんな、亡くされたそうでな。可愛らしい女の子がほしいと仰《おつしや》っているんだ』

花房家は皇都でその名を馳《は》せている人間の豪商で、夏巡業の際はいつも一座を邸へ呼んでくれる上客だった。

『清風と空雅から、お前らのことをくれぐれもと頼まれたが、ろくに興行もできなくなったこんな状態じゃ、清良にただ飯を食わせてやることはこれ以上できないんだ』

せめて、清良に何かひとつでも芸ができればなあ、と座長が落とした長くて重いため息を、千隼は十年以上経《た》った今でも覚えている。

神子族の血が流れていても、千隼と清良には翅も異能もなかった。

それでも、人間離れして身軽だった千隼は軽業《かるわざ》を披露して日銭を稼げたが、清良は人前に出ることを極端に嫌う質《たち》で、一座の役に立つことは何もできなかった。

『そのうち、誰かが清良に客を取らせようと言い出すかもしれない。そうなったら、俺にはとめる自信はない』

『──だったら、俺が清良を守る。清良と一緒にどこかへ逃げるっ』

咄嗟《とっさ》に叫んだ千隼に、座長は静かに首を振って続けた。

『どこかってどこだ？　そもそも、お前が清良を連れて逃げたとして、子供ふたりでどうやって生きていく気だ？　逃げた先で悪党に騙《だま》されて、花街へ売られるのが関の山だぞ？　だからな、千隼。俺が飢えて、まともな判断ができなくなる前に、清良を花房様に差し上げよう。それが、清良のためだ』

清良と離ればなれになるのは辛《つら》かったが、座長の言葉が正しいことは子供だった千隼にも十分すぎるほど理解できた。そして、清良がきっと、自分ひとりだけ裕福な家にもらわれていくことを嫌だと言い張るだろうことも。

だから、清良には何も告げなかった。

座長が「これを花房屋さんに渡してくれ」と、養女として引き取ってほしい旨の手紙を持たせて清良を使いに出し、そのあいだに千隼たちは皇都を旅立った。

清良との別れ。両親や祖母たち、多くの親しい人との別れ。

ちょうどその一年前にも辛い別れを経験していた千隼の心は悲しみで鈍磨《どんま》してしまい、それからのことはよく覚えていない。

流行病は夏が終わる前に収束したらしいが、仲間のほとんどを喪《うしな》った一座を維持することはできなかったようだ。気がつくと、千隼は別の旅一座に売られ、軽業の見世物を朝から晩まで強《し》いられていた。

売り渡された先が郭《くるわ》でなかったのは座長のせめてもの良心だったのだろうが、千隼以外は獣人ばかりのその一座では食事もろくに与えてもらえなかった。

そこに長くいたなら、千隼は今、この世の者ではなかったかもしれない。しかし、幸いにも、売られて半年ほどが経った頃、飢えて、痩《や》せ細るばかりの身体で見世物になる日々から千隼は救い出された。

巡業先の笹椋で出会った醒ヶ井が、生気のない顔で常人離れした軽業を披露する千隼を「ほう、大した童《わっぱ》だ」と気に入り、引き取ってくれたのだ。

千隼の身軽さを見込んだ醒ヶ井は最初、千隼を間者《かんじゃ》に仕立てるつもりだったらしい。だが、その身軽さゆえに、教わった武術の才能を醒ヶ井の期待以上に開花させた千隼は間者ではなく、笹椋警衛十隊に正式に所属する武官として迎え入れられた。

ようやく、千隼は落ち着ける居場所を見つけることができたのだ。

千隼を探して国中を回っているという花房家の使いが笹椋の地を訪れたのは、それからしばらくしてのことだ。花房家は、数年前の流行病の際にどうにか守り抜いた跡取りの男子が亡くなる不幸に見舞われたらしく、千隼を養子にすることを望んでいた。

清良のたっての願いだったが、剣がすっかり馴染《なじ》んでしまった手でそろばんが扱えるとも思えず、断った。千隼にはいい暮らしをしたい望みなどはなかったし、清良が花房家で大切にされていることがわかっただけで十分だった。

それに、皇都へ戻りたくない理由もあった。

清良の願いは聞いてやれなかったけれど、代わりに定期的に文を交わすようになった。

そうして月日は流れ、清良からかねてより恋仲だったとある商家の次男を花房家の婿《むこ》に取ることが決まったと報《しら》され、祝いの文を返そうとしていた矢先だった。

——天霧山からの使者が神託を携え、天から舞い降りてきたのは。

『喜べ。蘭家の乙女が聖宮に選ばれた』

大きな白い翅を悠然と広げる使者が厳《おごそ》かにそう告げたとき、千隼は思った。

天霧山は、もうとっくに所帯を持っていてもおかしくないこんな歳まで、女とも男とも情を通じたことのない独り身の自分をあえて「蘭家の乙女」として選んだのだろう、と。

神子族は男女共に子を生むことができ、今回の神託は名指しではなかった。

それはつまり、外見は人間の千隼にも神子族の力が受け継がれており、聖宮となるのは千隼でも清良でもどちらでもいいということだ。

だから、婚礼を控えている清良への配慮がなされたに違いない。

自分に神子族の力が宿っていたことに驚きつつ、そう考えた千隼に、しかし使者は清良の居場所を尋ねた。

どうやら、空雅が追放後、人間とのあいだに男女の子供をひとりずつ儲《もう》けたことを把握《はあく》していた天霧山は、神託が「蘭家の乙女」と曖昧《あいまい》にした聖宮には女の清良を立てるつもりだったらしい。神子族は男女共に子を生せるとは言っても、過去、聖宮となったのはやはり女のほうが多かったからだ。

しかし、神子族の翅を受け継がず、十年以上前の疫病流行下の混乱のさなかに花房家の深窓へ隠され、姓も変わった清良を探しあぐねていたようだった。一方で、蘭の姓のまま、笹椋警衛十隊の二番隊副帥として多少は名を知られていた千隼を見つけるのに、あまり苦労はなかったらしい。

それを知り、千隼は使者に清良のことは何も伝えず、その場で自ら聖宮に名乗りを上げた。

聖婚は普通の婚姻とは違う。聖宮となっても、皇太子に選んだ皇子の精を一度だけ受け、天霧山の神殿に実った聖花卵が孵《かえ》るまでのあいだを耐えれば、自由になれる。

わずか一年のことであっても、愛し合う許嫁《いいなずけ》のいる清良に、好きでもない男の子供を産ませるのは、どうしても忍びなかった。

だから一年で終わる我慢なら、自分がすべきだと思ったのだ。

『ご神託が妹の名でなく、「蘭家の乙女」を指名されたのなら、私にもその資格があります！　いいえ、むしろ、妹よりも先に見つけられたのは私なのですから、私こそが聖宮にふさわしいという天の思《おぼ》し召《め》しのはず！』

清良を守るため、恥も外聞も捨てて叫び続けた努力が実り、千隼の願いは聞き入れられた。

ひと月前、千隼は正式に聖宮として選ばれたのだ。

そのあとで、天霧山の神官たちは千隼が頑《かたく》なに告げなかった清良の居場所を掴《つか》んだらしい。

それによって、聖宮にはやはり女の清良を、と望む声が出るのではないかと千隼は内心でひやひやし通しだった。結局、皇帝と神子族の長の連名で下された決定が軽々しく撤回されることはなかったものの、何もかもが決まったあとですべてを知った清良からは、ずいぶん乱れた字で綴《つづ》られた文が届き、尋ねられた。

兄様《あにさま》にも想う方がいるのではないですか、と。

いない、と返した答えが嘘《うそ》なのか、本当なのか、千隼は自分でもよくわからなかった。

千隼は一度だけ恋をしたことがある。

まだ両親が健在で、夏の皇都巡業のあいだ、皇城の中の皇太后の舎殿で清良とふたり、秘密の小さな客人となって過ごすのが常だった遠い昔のことだ。

もちろん、自分たちが公にはできない存在であること、それゆえに皇太后の住まう連珠殿《れんじゅでん》から出てはならないことはきちんと言い聞かせられていた。

『よいか、千隼。そなたと清良は、ここでは秘密の子供じゃ。わたくしが「よい」と申した場所以外には、決して行ってはならぬぞ』

祖母の緋咲に繰り返されたその言葉を、千隼は幼くとも理解してはいた。

だが――。

己の自由と引き換えに天霧山を捨てたけじめとして、祖母や皇太后からの援助を潔癖に拒んでいた父親は占い業で家族を養う稼ぎを得ることに忙しく、皇城へは滅多に現れない。

旅芸人の人間である身分で皇太后にまみえることを畏《おそ》れた母親とは、皇城に滞在しているあいだは一度も会えなかった。

祖母と皇太后は千隼を可愛がってはくれたものの、さすがに日がな一日そばにいてくれるほど暇ではなく、自分よりも小さい清良は遊び相手にするには物足りない。

秘密を守るためか、世話係の女官はごく少人数に限られていて、彼女たちは大抵の場合、千隼より幼くて手の掛かる清良のほうについていた。

祖母も皇太后も女官たちも、優しくて大好きだった。けれども、千隼にとって連珠殿は、美味しいものを食べ、祖母や皇太后から与えられる書を読む以外にすることのない、いささか退屈なところだったのだ。

だから、天の恩恵を受ける皇城の中には、不思議で美しい桃源郷のような場所がたくさんあるらしいと聞き知るたび、冒険心がたまらなく疼《うず》いた。

そして、昼間でも星が見えるという林の噂《うわさ》を耳にした日――。

どうしても我慢できなくなり、千隼はとうとう連珠殿をひとりで抜け出した。

しかし、皇城の延々と続く広大な庭園の中ですぐに迷ってしまった。

行きたい場所へ辿《たど》りつけないことが悔しく、おまけに引き返そうにもその道がまるでわからない。自分は秘密の子供なのだから、誰か大人を捕まえて案内を乞うこともできない。

どうしようもなく心細くなり、大きな樹の陰に隠れて泣いていたときだ。

『なぜ、泣いている？　何か悲しいことでもあったのか？』

千隼を見つけて問いかけてきたのは、少し年嵩《としかさ》だろう少年だった。

驚くほど顔立ちが整っており、纏う衣は上等のものだったが、少年には耳も尾もなかった。だから、貴族に仕えている小舎人童《こどねりわらわ》の人間だろうと思った。

『……帰り、たくて……』

『迷うたのか。どこへ戻りたいのだ？』

自分と同じ姿をしていて、年も近いだろう優しげな少年に警戒心はあまり働かず、千隼は『連珠殿です』と答えた。

『連珠殿？　確かに、連珠殿か？』

少し不思議そうに問われ、千隼は洟《はな》を啜《すす》って「はい」と頷く。

『だが、皇太后様が人の子を召しかかえておられるなどとは、聞いたことがないぞ？』

『だって、私は秘密の子供ですから』

言ってから、ようやくはっとした。

『あ……』

今更ながらに口を両手で覆ってみても、こぼした言葉を消すことなどできない。

どうしよう、とおろおろと慌てだした千隼を見つめ、少年は双眸をやわらかくたわめて微笑《ほほえ》んだ。

『秘密の子供か。では、私と同じだな』

眼前で浮かべられた微笑みは、とても優美に透き通っていた。

焦る気持ちが溶かされて、千隼はぼうっと見惚《みと》れてしまった。

『じゃあ、あなたのお父上も神子族なのですか？』

自分の父親のような奇天烈《きてれつ》な神子族が、そうそういるはずがない。

少し冷静に考えれば気づけたことに気づけないまま尋ねた千隼に、少年はややあって、静かな声音で告げた。

『いや。私の父上は今上陛下《へいか》だ』

つまり、少年は皇帝の皇子。

千隼は驚いてまたたき、少年の頭と腰のあいだで視線を泳がせた。

金瑠璃皇国で見られる獣人の獣性は実に様々だが、皇家にのみ現れる獣性がある。

――黒獅子だ。

虎や狼《おおかみ》などの、母方の獣性が濃く出ることも稀《まれ》にある。けれど普通、皇族は黒獅子の獣性を持って生まれてくる。

なのに、何度確かめても、皇子ならあってしかるべき黒獅子の耳と尾が見当たらない。

忍んでどこかへ行くために、人間の姿をしているのだろうか。

それとも——。

『この通り、私には耳も尾もない。だから、出来損ないの皇子として、後宮に閉じこめられているのだ。女官しかおらぬ舎殿は退屈ゆえ、時々こうして抜け出してきてるがな』

『……殿下のお母上は、人間……ですか？』

おずおずと尋ねた千隼に、皇子は首を振った。

『母上は大納言家の姫で、女御《にょうご》だ。だから、私も大納言家の獣性なら持っている』

白虎だ、と皇子は告げた。

『けれど、どういうわけか、私は生まれつき、この人姿か、白虎の獣姿しか取ることができぬのだ』

黒獅子以外の獣性を持って生まれた皇族は、黒獅子の皇族よりも一段低い扱いを受ける。

純粋な獣人でありながら、半姿を取って獣性を示すことができない身であればなおさらだろうが、自身の境遇を憐《あわ》れむでも恨むでもない、澄んだ声音で、その皇子は言った。

『——あのっ。私は、獣姿の中では白虎が一番好きです。白虎帝・槐陛下の軍記物語や舞が好きなので』

皇城に滞在していても、皇太后以外の皇族など知らないし、貴族の出の皇太后の獣性は鵺《ぬえ》。千隼にとっては、見たこともない黒獅子よりも、白虎のほうがよほど親しみ深い存在だ。

神子族が統治していた時代を除き、金瑠璃皇国の玉座には黒獅子の獣性を持つ者が就いてきた。しかし、ひとりだけ、例外の皇帝がいる。

——白虎帝・槐。

二百年前、周辺諸国の連合軍に攻め入られて滅びかけたこの国を救い、みごとに復興させた功績を天に称《たた》えられ、真実を見抜く第三の目——朱眼《しゅがん》を授かったその英雄は、民に最も愛されている帝だ。槐の救国の活躍を描いた『白槐記《はくかいき》』や、その軍記物語にちなんで生まれた勇壮な舞楽「白帝楽《びゃくていがく》」は身分の貴賤を問わず親しまれている。

千隼も『白槐記』は諳《そら》んじることができるほど幾度となく読んだし、「白帝楽」は一座でもよく演じられる定番だ。

だから、咄嗟に放った言葉は目の前の皇子への媚《こび》ではなく、本心だった。

『そうか』

皇子は淡く笑んで、千隼を見た。

『私は紫凰。雪垂宮紫凰だ。そなたの名は？』

『蘭千隼です』

『蘭……。では、そなたはあの空雅の子か？』

『はい。殿下は、私の父をご存じなのですか？』

『直接は知らぬ。だが、人間の娘との婚姻を望んで天霧山を追放された、目がつぶれるほど麗しい神子族の話を女官からよく聞かされた。女官とは、美しいものと恋物語が好きな生き物ゆえな』

『……あの、父を見ても、べつに目はつぶれませんよ？』

そうか、と笑った紫凰は千隼の手を握り、誰にも見つからない道を使って連珠殿へ送り届けてくれた。もちろん、千隼たちが皇太后のもとに滞在していることも秘密にしてくれた。

それから、ほとんど毎日のように、千隼は人目を忍んで紫凰と会った。

皇族の証《あかし》とも言うべき黒獅子の獣性を持たず、しかも半姿になることもできない紫凰は誰からも顧みられない皇子のようだった。

しかし、それゆえに自由に行動でき、皇城内のことを隅々までよく知っていた。

虹の浮かぶ滝や、黄金樹や宝玉の花が咲き乱れる園。

時空を渡ることのできる池。

千隼がひとりでは辿り着けなかった、昼でも星が輝く林。

毎日、そうした夢のように美しい場所へ連れて行ってもらううちに、どんどん親しくなった紫凰はひとつ年上で、とても優しかった。

大抵の者は、千隼の父親が翅を失った元・神子族だと聞くと、

──神子族の子なら、飛んでみろ！

──ほらほら、どうした、嘘つきめ！

と囃《はや》し立てるが、紫凰がそんな言葉を口にすることは決してなかった。

『私にも、翅があればよかったんですけど……』

『そなたは、翅がほしいのか？』

『ほしいです。翅があれば、嘘つきだなんて言われなくなるので』

『私は、そなたがそのままのそなたでよかったと思うぞ』

『どうしてですか？』

『翅を持って生まれていれば、山に引き取られていたかもしれぬだろう？』

翅があれば神子族と見なされるだろうし、神子族が市井《しせい》で暮らすことは許されない。

確かに、無理やり天霧山へ連れ去られていたかもしれない。

『はい……』

『もし、そなたが天霧山で育っていれば、あるいは、私が舎殿の奥で大切にされる黒獅子の皇子だったならば、我らがこうして出会うことはなかったはずだ。だから、私は、そなたがそなたで、私が私であって、よかったと思うぞ、千隼』

黒獅子ではない皇族と、半分神子族の人間。立場は違えど、普通ではない者として生まれてきたことに、互いに心が共鳴し合っていたのかもしれない。

会えば会うほど、千隼は紫凰を好きになった。

夏が終わり、一座と皇都を離れたあとは、次の夏が待ち遠しくてたまらなかった。

そんな気持ちが恋となるまで、いくらもかからなかった。

そして、それは紫凰も同じだった。

『私は黒獅子ではないゆえ、皇太子に選ばれることもなければ、朝廷で必要とされる存在になることもない。だから、いずれ皇城を出て、国中を旅したい。千隼、そなたと一緒に』

三度目の夏にそう言ってくれた紫凰と、千隼は皇城の庭園の中で結婚の約束をした。

千隼が一番好きだった黄金の木蘭《もくらん》の下で。

『千隼、私はそなたに誓う。いつか、この木蘭の花を両手一杯に持って、そなたを必ず迎えにゆく』

『はい、殿下。待っております』

お互いにまだ十にもなっておらず、年端もいかない子供同士の戯《たわむ》れと言ってしまえば、それまでだ。

けれども、紫凰が好きで好きでたまらなかった千隼にとっては、自分の命よりも大切に思っていた誓いだった。

なのに――。

『大切にせねばならぬ許嫁の姫ができたゆえ、もうそなたにつき合って子供の遊びをする暇は

なくなった』

何の前触れもなくそう告げられたのは、千隼が十一になった年の夏だった。

『そなたら一家のことをほかの者に話すつもりはないが、その代わり、二度と私の前に現れるな。よいな』

まるで別人のような冷たさでいきなり突き放され、千隼は呆然《ぼうぜん》とすることしかできなかった。ただ深く傷ついて、その日のうちに千隼は皇城を飛び出して、両親のもとへ戻った。

それ以来、皇城には一度も訪れていない。

悲しくて、近寄りたくなかった気持ちももちろんあった。だが、たとえ紫凰に会って話がしたいと望んだところで、それはもう無理だった。

その翌年、皇太后と祖母、そして両親までもが次々と流行病で命を落としてしまったからだ。それからの、ただ生き長らえるだけで精一杯だった日々の中では、突然終わった初恋のことを考えている余裕などなかった。

笹椋で武官に取り立てられてからもそうだ。この地で新しく生き直すことに、とにかく必死だったせいで。

そうして、千隼はいつしか紫凰のことを忘れていた。

——天霧山からの使者が降り立った、あの日まで。

蘭家に神託が下ったことを告げられ、千隼は真っ先に皇太子候補の皇子の名を訊《き》いた。

そこに紫凰の名がないことを知り、ほっとすると同時に納得もした。

獣性が黒獅子でなければ正式な皇族とは見なされないとは言え、過去には白虎の皇子だった槐が帝位に就いた例もある。紫凰が皇太子候補に選ばれなかったのは獣性のせいではなく、平然と誓いを破り棄《す》てることのできる為人《ひととなり》が本性で、それを皇帝や神子族の長に見抜かれたゆえだろう、と。

しかし、千隼はふと思いもした。

紫凰のことなどもうすっかり忘れたつもりでいたけれど、ずっと誰とも新しい恋ができなかったのは、初恋の残骸に心が囚《とら》われていたからかもしれない、と。

反射的にそんなはずはないと否定して、色恋と縁遠かった理由を考えてみたものの、わからなかった。

心の奥底に潜む気持ちを掴もうとすればするほど、過去の辛い記憶が蘇《よみがえ》って胸が痛くなるばかりだった。

だから、千隼は考えることをやめた。

自分が皇城へ赴くのは、皇太子を選び、いずれ帝となる子を生むため。皇太子候補から外れた皇子に会うことなど、きっとないはずだ。

官人、女官、護衛の武官を合わせて数百名となる皇都への群行を統帥するのは、皇族の中で最も武勇の誉れ高い者だということは聞いていたが、そんな栄誉ある大役が嘘つきの皇子に任せられるわけがない。

そんなふうに、自分に言い聞かせて。

けれども、今、目の前にいるのはその紫凰――。

千隼は目を瞠《みは》り、ただ驚いた。


「蘭家の一の宮様に、聖婚のお慶《よろこ》びを申し上げます」

千隼の前で跪《ひざまず》く紫凰が、澄んだ声を凛《りん》と響かせる。

――蘭家の一の宮様。

神子族はすべて創始の皇族の末裔なので、その血を引く蘭家の嫡男《ちゃくなん》である千隼は、そう見ようと思えば「蘭家の一の宮」だ。千隼が聖宮に選ばれたことを告げに来た皇都からの勅使《ちょくし》も、笹椋へ到着した直後の乙切たちも、千隼をそう呼んだ。

未《いま》だに心の中では二番隊の副帥のつもりでいる身には、ずいぶん仰々《ぎょうぎょう》しく感じられたものの、すっかり慣れたつもりでいた。だが、かつて、自分を「千隼」と呼んでいた者の口からその敬称を聞くと、困惑を禁じ得なかった。

「風読みが大嵐を予見しました。空が荒れるまでに猶予がなく、数日は続くとのこと。皇都への到着を遅らせるわけにはいきませぬゆえ、当初の予定を変更してこのまますぐに笹椋を発ち、雁鐘山を越えることといたしました」

　そう告げる声も眼差しも、淡々としている。

　まるで、初めて会うかのようなよそよそしい態度だ。

　突然の別れの日から十三年の月日が経っているし、あのときは互いに子供だった。千隼もすぐにはわからなかったように、成長して面変《おもが》わりをしたせいで、紫凰は千隼が誰なのか気づいていないのだろうか。

　あるいは、遠い昔の夏にだけ密かに会っていた子供のことなど、もうすっかり忘れているのだろうか。

「また、本来ならば、皇都への群行は壮麗におこなうしきたりゆえ、帝より預かった官人、官女らを一の宮様につき添わせて笹椋を発つべきところですが、大半が徒歩《かち》の、五百名を超す大人数で、嵐が来る前に険しい雁鐘山を越えて往復することは不可能ですので、我ら以外の者は赤張《あかばり》の頓宮《とんぐう》に待機させてございます」

「……そう、ですか」

　赤張は雁鐘山を越えた先の、「頓宮」と称される皇帝や皇族の旅の休憩所が設けられている大きな宿場だ。

　笹椋から雁鐘山を越える道はいくつかあるが、嵐が来れば橋が落ちたり崖が崩れたりで常にその何本かが塞がれてしまう。すべての道が通れなくなってしまい、復旧にかなりの日数がかかることも珍しくない。

そのため、笹椋とその近辺の町では、風読みが天候の悪化を予見すると山越えを急ぐ者が増え、そうした旅人や商隊を狙う賊も必然的に増える。

しかも、雁鐘山に出る賊はほかの地の賊と比べてすこぶる質が悪い。雁鐘山は国境のため、賊の中に異国の蛮族が少なからず混じっているからだ。

煌びやかな群行は皇都では敬われても、辺境で野盗化している蛮族にとっては襲撃の恰好《かっこう》の目印でしかない。おそらく紫凰は、時間の問題に加えて、賊の目に獲物として映ることを避けるために群行の随員を赤張に置いてきたのだろう。

正しい判断だ、と千隼は思った。

「輿も粗末な小さいものとなり、ご不便をおかけしますが、しばしのあいだ、どうかご辛抱を」

「……わかり、ました、殿下」

「私のことは、紫凰とお呼び捨てください」

紫凰の内面がまったく読めないぶん、混乱が深くなる。

どんな顔をして、何と返事をすればいいのか迷い、千隼はただ黙ってうつむいた。

「では、私は準備がありますので」

千隼の様子を気にするふうもなく、紫凰は部屋を出て行った。

乙切の指示のもと、手際よく旅の荷物が纏められてゆく。

それから間もなく、笹椋を発った。醒ヶ井が予想した通り、隊の者と会って言葉を交わす余裕もない、慌ただしい出発となった。

千隼につき添うのは紫凰を入れて三人の騎馬兵と、簡素な板輿《いたごし》を舁《か》く力者《りきしゃ》に扮《ふん》した四人の武官のみ。目立たないように人姿を取っているが、紫凰以外は皆、黒犬の獣人だという。

紫凰が伴ってきた残りの騎兵は、乙切ら女官たちとともに二手に分かれ、遠回りにはなるものの、それぞれ比較的なだらかな街道を通って赤張へ向かった。

千隼を乗せた輿が雁鐘山に入り、しばらくした頃だった。

輿に掛けられた簾《すだれ》の向こうから漂ってくる空気が、だんだんと湿ってきたのを感じた。

「見ろ、東のほうに雲が出てきたぞ」

「おお。だが、あの距離ではすぐに降られることもあるまい」

「やれやれ。嵐が来る前に、どうにか赤張へ着けそうだな」

騎馬兵たちがそんな会話を交わしていたさなか、ふいに空を切る鋭い音がしたかと思うと馬の甲高いいななきが響き、大きな震動を感じた。

うわぁ、と騎馬兵の呻《うめ》き声も上がる。馬が倒れたようだ。

千隼は咄嗟に輿の簾を上げた。

「何事ですかっ」

「お出になってはなりません！」

紫凰が叫んだ直後、その頭上の、濃い緑に覆われた斜面から大量の矢が降ってきた。

「宮様をお守りしろ！」

怒声を発した紫凰と騎馬兵、首を射貫かれた馬の陰で横転していた格好から体勢を立て直した兵士が抜刀し、降りそそぐ矢を薙《な》ぎ払う。

力者に扮した武官たちも輿を下ろしてその前に立ちはだかり、隠していた刀を抜く。

「一の宮様、決して輿からお出になりませんようっ」

武官のひとりが低く告げた声音に、荒々しい雄叫《おたけ》びが重なる。

簾越しに、樹々が落とす葉影から弓や剣を持って軽武装した男たちが次々と現れるのが見えた。山賊団の襲来だ。

「金目の物はすべて奪え！」

「警衛隊を呼ばれたら面倒だ。ひとり残らず、殺せ！」

「いや、輿に乗っているのが若い女なら、俺がもらう！」

「好きにしろ」

賊の数は目視できるだけでも四十を超えている。見たところ、皆、人間の姿をしており、飛び交う胴間声《どうまごえ》が操る言葉は金瑠璃皇国のもので、笹椋特有の訛《なま》りも聞き取れた。

だが、その賊たちが食い詰めて野盗となった笹椋の人間なのか、人間のふりをしている獣人、もしくは皇国人を装う蛮族か、あるいはそれらのすべてが入り交じったはぐれ者の群れなのかは、輿の中からの遠目では判断がつかない。

雁鐘山では、皇国の人間、獣人、そして越境してきた異国の蛮族が、警衛隊を攪乱《かくらん》する目的で自分ではない者になりすまし、旅人を襲うことは珍しくないのだ。

正体の判然としない山賊団に向かう紫凰たちは七人。縦横に剣を揮《ふる》い、襲い来る賊を次々と斬り伏せる武官らの技倆《ぎりょう》は確かだった。とりわけ、紫凰は剣の腕も身のこなしも抜きんでて冴えており、その周囲にはみるみるうちに死屍《しし》が折り重なってゆく。

しかし、数の差は圧倒的だ。絶え間なく大量に降りそそぐ矢の雨に馬が貫かれ、もう一頭も残っていない。紫凰を含めた騎兵は皆、地に立ち、賊と激しく斬り合っている。

響き合う怒声と刃鳴り、鎧と鎧が激突する重い金属音。そこかしこで煌めく剣光や火花。

立ちこめる血臭が鼻をつき、激しい殺気と闘気が肌に纏わりつく。

紫凰たちがどれほど優れた武人だろうと、このままでは取り囲まれるのは時間の問題だ。

もうこれ以上、ひとりでじっと輿の中に隠れていることなどできなかった。

千隼は輿を飛び出し、倒れていた賊の手から拾い上げた剣を構える。

「女だ！」

「おお！　女がいるぞ！」

下卑《げび》た笑いを含む声が高く上がる。

喜色《きしょく》を湛《たた》えて向かってきた賊を斬り捨て、続けざまにその背後から現れた巨躯《きょく》の首筋を狙って、剣を突き刺す。

しぶいた鮮血を素早く避けた千隼の視界の端に、ふたりがかりで追いこまれている武官の窮地が映る。

千隼はすぐさま反転し、賊の骸《むくろ》を踏み台にして高く飛んだ。

今にも武官の命を奪おうとしていた凶刃《きょうじん》ごと賊の腕を斬り落とし、とどめを刺す。さらに、返す刀でもうひとりの首を撥《は》ね飛ばす。

「大丈夫ですか？」

「——は、はいっ」

力者に扮した武官を助け起こしたとき、眼前を人影が覆う。

反射的に振りかざした剣を、千隼はすんでのところでとめる。

そこにいたのは、紫凰だった。

「何をされておるっ。お出になってはなりませんと申したでしょう！」

紫凰の発した叫びに、賊たちの怒号が重なる。

「あの女をかっ攫え！」

「女は殺すなよ！」

「殿下、宮様をお任せいたします！」

いきり立つ賊の群れに向かい、武官が剣光を走らせて斬りこんでゆく。

後に続こうとした千隼の前に紫凰が立ち塞がり、飛んできた矢を剣で薙ぎ払う。

「こんな形《なり》でも、俺は笹椋警衛隊の副帥としての誇りは捨てていません、殿下！　皆が戦っている中で、ひとりだけ身を潜ませているなど、性に合いません！」

言葉遣いを気にする余裕もなく千隼も叫び返し、降ってきた矢を叩《たた》き落とすと、剣を構え直した紫凰と意図せず背を合わせる格好になった。

返り血で濡れた鎧が、千隼の背に冷たく当たる。

「そもそも、輿の中に隠れていたところで、こんな多勢に無勢の状況では無意味では？」

「確かに、このままでは埒《らち》が明きませぬな」

苦笑う声が聞こえた直後だった。

背後に感じていた紫凰の気配がふいに変わった。衣が裂け、鎧が砕ける音が耳をかすめると同時に、一瞬にして鳥肌が立つ、恐ろしいほど圧倒的な空気に背中を包まれ、振り向いた千隼は言葉もなく目を瞠った。

賊の一団も、呆《ほう》けた顔で一点を見つめている。

その場の誰もが瞬《まばた》きをするのも忘れて驚愕《きょうがく》の眼差しを向ける先には、白い大きな獣の姿があった。

鉛色の雲の下で、目映《まばゆ》いばかりに輝く純白の被毛。雪のようなその白を優美に彩る黒の縦縞《たてじま》。

そして、鋭い眼光を湛えた瞳は、深く透き通った宝玉のごとき青。

初めて目にした紫凰の獣姿の、神々しいまでの迫力に、千隼は思わず半歩後ずさる。

「びゃ、白虎だ……っ」

賊の何人かが呆然と手の中の剣や矢を落としたが、それは白虎の美しさゆえではない。

おそらく、白虎と化した紫凰の堂々とした巨躯に恐れをなしているのだ。

普通、獣人は戦いの最中に獣化《じゅうか》はしない。人前で己の本性を晒さないことが守るべき礼節である以前に、獣姿では半姿や人姿よりも小さくなってしまうため、武器を持った相手との戦いには却《かえ》って不利だからだ。

しかし、皇族だけは例外だ。獣性が何であろうと、その体躯は獣化によって巨大化する。見る者すべてに畏怖《いふ》の念を呼び起こさせるほどに。

現に紫凰の身体も、優に十尺は超えているだろう堂々としたものだ。

「――こ、皇族か？」

「馬鹿な。皇族が、こんなところにいるわけあるかっ」

「だけど、あんなにでかいぞ……っ」

賊たちのあいだで、驚愕のざわめきが広がる。

「私の正体など、どうでもいい。死にたくなければ、去れ！」

唸《うな》りを上げた紫凰が、すぐ目の前の数名の集団に向かって前肢を大きく振る。

その膂力《りょりょく》は凄《すさ》まじく、固まっていた全員が一斉に遠くへ吹き飛んだ。

震え上がった山賊団の大半が、悲鳴を散らして逃げてゆく。

だが、留《とど》まる者も幾人かいた。

「このまま引き下がってたまるか！　何でもいい、金目の物を奪え！」

「ああ！　手ぶらで帰ったところで、どうせお頭《かしら》に殺されちまうしな」

剣をかざして躍りこんでくる諦めの悪い男たちを、紫凰がこともなげに蹴散らす。

紫凰の爪でえぐられた土塊《つちくれ》ごと、賊の身体が次々と高く舞い上がって崖下へ消える。

加勢などまったく不要だろう余裕のある戦いぶりに、周囲に散っていた武官たちが千隼の周りに集まってくる。

「お怪我《けが》はございませんか、一の宮様」

「ええ。大丈夫です」

答えて、千隼はすっかり刃こぼれしている剣を地に刺す。

「それは、何よりでした」

「皆さんもご無事ですか？」

武官たちが血糊《ちのり》を払った剣をおさめながら「はい」と返す。

その鎧も衣も赤く汚れていたが、ほとんどが返り血のようで、千隼は安堵《あんど》する。

「紫凰殿下がいらっしゃるので、百人の賊が相手でも宮様をお守りできる確信はありましたが、あれほどの大人数が一度に現れると、やはり冷や汗が出ました」

「ああ、まことに」

「……あの。殿下は、いつも白虎のお姿で戦われるのですか？」

「いえ、まさか。本来、獣姿とは、家の者以外には見せぬものですので、そのようなことは決してありませぬ」

紫凰の名誉を守ろうとしてか、答えた武官が大きく首を振る。

「ただ、今のように、数の差が圧倒的な戦場で、引き連れている兵を守るためにほかに手段がない場合は、白虎となられることがございます」

「人姿や半姿では下りられぬ深い谷底へ転落した兵を救うために、迷わず獣姿へ転じられたこともありました」

「では、殿下は、武官職に就いておいでなのですか？」

乙切が紫凰を紹介する際に口にしたのは、「雪垂宮」という宮号《みやごう》だけだった。

皇族は朝廷のしきたりとして政《まつりごと》には関われず、そのため、与えられる官職はいくつかの実権のない名誉職に限られている。だから、いつの世も、官職を持つ皇子よりも、無官の皇子のほうが多く、きっと紫凰もそうなのだろうと思っていた。

けれども、武官たちの口ぶりでは、紫凰はまるで将帥のようだ。

「あ、いえ。紫凰殿下は官位はお持ちではありません。しかし、陛下より特別に異国との貿易を許されており、よくご自身で船団を率いて交易に出られているのです」

「交易を……」

「はい。ですので、その途中で、海では海賊と、荷運びの山越えでは先ほどのように山賊と戦われることも珍しくはないのです」

そうですか、と応じたとき、獣姿の紫凰が戻ってきた。

もう周囲には、千隼たち以外に動く影はない。

「皆、大事ないか?」

尋ねた紫凰のもとへ、武官たちが集まってくる。

「はい、殿下」

武官たちが声を揃えて答える。

「思わぬ足止めを食いましたな。急がねば、雨雲に追いつかれるやもしれませぬな」

「ああ。すぐに出立しよう」

紫凰は頷き、針山のように矢が大量に突き刺さり、ほとんど崩壊している輿を見やってから、千隼の前へ歩み寄ってきた。

「一の宮様。輿はあの通りで、馬も残っておりませぬゆえ、私の背にお乗りください」

告げられたその提案に、千隼は狼狽《うろた》えた。

考えるより先に、「結構です」と首を振っていた。

「私は自分の足で歩けます。山越えには慣れておりますので」

「そういう問題ではありませぬ。聖宮となられるお方に、山道を歩かせるわけにはいきませんん」


言って、紫凰が武官らに何やら視線で合図をする。

「宮様、失礼を」

武官のひとりが千隼の身体を抱きかかえ、なかば強引に紫凰の背に乗せた。

「では、先を急ぎましょう」

紫凰が歩み出し、その左右に武官たちが三人ずつ続く。

先ほど、人姿で鎧を纏っていた紫凰の背は、冷たかった。けれども、今はふわふわと温かい。

大きくて逞《たくま》しいこの背は、自分との誓いをいとも簡単に破り捨てた男の背だ。

それなのに、少しも嫌な感じがしない。

そう思った胸の奥で、心臓が小さく跳ね出した。

速くなっていく鼓動が、自分の意見が聞き入れられなかったこの状態が腹立たしいからなのか、それとももっとべつの理由のせいなのか、自分でもわからなかった。

千隼はただ困惑を深めながら、大きな白虎の背で揺られた。

山の裾野に辿り着いた頃、ついに雨が降り出し、いっそう足を速めた矢先、十になるかならないほどの人間の兄弟と遭遇した。兄が弟を負ぶっている。

「このような山道を子供だけで、いかがした」

紫凰が問うと、大きな白虎の姿に興味津々《しんしん》の表情で兄弟が交互に答えた。

絵師である父親に頼まれて渓谷の集落へ注文の品を届けた帰り、すれ違った旅人から嵐が来るらしいと聞いて慌てた拍子に弟が転んで足を痛めたという。

兄弟の家があるのは、ちょうど頓宮への道の途中らしい。それを知った紫凰は、そのふたりも一緒に背に乗せていいかと千隼に尋ねてきた。

異存などなく、千隼は「もちろんです」と返す。

千隼の後ろに並んで腰掛ける兄弟は、皇族の獣姿の特性など何も知らないようだった。

「大きな虎さんだね、兄ちゃん。『白槐記』の槐様みたいだ」

紫凰の足並みに合わせて駆けていた武官のひとりが、「虎さん……。無礼な」と苦々しげに低く呟《つぶや》いた。

「ああ、すごいな。山神様みたいだ」

「槐陛下も山の神も、私などより遥かに立派だ」

「でも、虎さんもとってもとっても立派だよ！　山の中で会ったとき、あんまり大きくて、ぼく、腰を抜かすかと思ったもの！」

はしゃいで言った弟に、紫凰が「そうか」と苦笑する。

ほどなく、ひたすら素朴に感動し続けていた兄弟の家に着く。その前でふたりを下ろし、

「虎さん、雨宿りをしてってよ！」という可愛らしい誘いを断って、頓宮へ急いだ。

紫凰はあまり気にしていない様子だったが、武官たちは激しくなる雨のおかげで人通りが絶え、好奇の眼差しを向けてくる者がいなくなったことを喜んでいるふうだ。

千隼も実のところ、雨脚が強くなったことを内心で喜んでいた。女官たちに見られたら、きっと大げさに嘆かれたに違いない返り血を、雨が洗い流してくれるからだ。

「ああ、千隼様！　何というお姿に……！」

頓宮の門をくぐって、千隼が泊まる舎殿の階に下りるなり、先に到着して千隼を待っていた女官たちが駆け寄ってきた。

山賊団の襲撃を受け、退けたことを淡々と告げた紫凰に女官たちは一礼したあと、千隼を取り囲んだ。

「山賊に遭われていたなんて……。お怪我はございませんか？」

「ええ。ご心配なく」

千隼の答えに、女官たちはほっとしたように息をつく。

「お身体がお冷えになったでしょう。湯殿の用意をしてございますので、ささ、こちらに」

女官たちに奥へ案内される背後から、紫凰と乙切の交わす会話が聞こえた。

「殿下の湯殿とお着替えは、東の舎殿でご用意しております。人払いをしておりますので、こちらの透廊《すきろう》からお渡りください」

「礼を言う、乙切」

その凛然とした声音に、運んでもらった礼を自分はまだ紫凰に告げていないことに気づき、千隼は振り返る。けれども、紫凰の姿はもうなかった。

千隼は女官たちに汚れた身体を清められ、肌を香油で丹念に磨かれた。そのあいだに、重い灰色だった空を闇《やみ》が覆っていた。

ゆったりとした長衣に袖を通し、案内された部屋には、夕餉《ゆうげ》が準備されていた。

「大変な目に遭われ、お疲れでしょう。今宵はどうか、ごゆるりとお寛ぎください」

酒をついでくれた乙切に、千隼は少し迷ってから、紫凰はどんな皇子なのかと尋ねてみた。

すると、即座に「すばらしい皇子様です」と返ってくる。

何の躊躇《ためら》いもない声をまっすぐに向けられ、千隼は戸惑った。

「……そう、なのですか?」

「はい。紫凰殿下は常にご自分のことよりも、か弱き者たちのことを第一にお考えの、本当にお優しい方ですわ」

「何だか、殿下に心酔しているようですね」

ええ、と乙切は微笑む。

「私が今、こうしていられるのも、殿下のおかげですので」

乙切が宮中へ出仕したのは今から二十年近く前のことで、初めて仕えたのは紫凰の母親の女御・咲麗子《さくらこ》の舎殿だったという。

乙切は紫凰の世話係ではなかったものの、時折、人手が足らないときに朝の支度などを手伝うことがあったそうだ。

「出仕して、しばらくが経ち、宮中での生活にもだんだん慣れてきた頃、その気の緩みのせいで、私は女御様がとても大切にされていた鏡を割ってしまったのです。お暇を出されるか、悪くすれば手を切り落とされるかもしれない、と私は震え上がりました」

「……でも、鏡一枚のことで、それほど重い罰を下されるものなのですか？」

庭園に咲く花一輪、縫殿寮《ぬいどのりょう》の針一本でも、皇城で盗みを働けば厳しく罰せられる。しかし、「うっかり壊しただけ」であれば、話は別のはずだ。

少し不思議に思って首を傾げた千隼に、乙切は声を潜めてそのわけを話した。

咲麗子はかつて皇都一と謳われた美貌で、皇帝の寵愛を一身に集めていた。けれども、紫凰を――黒獅子ではない白虎の皇子を産んで以降、皇帝からは顧みられなくなったそうだ。

乙切が割った鏡は、咲麗子が皇帝から最後に授かった贈り物で、いつか再び寵愛が蘇ることを願って、自身の分身のように大切にしていたものらしい。

「ですから、どのような罰が下っても、おかしくなかったのです。当時の私は夫と死別し、両親もすでに亡くなった状態で、ふたりの幼い娘を抱えておりました。娘たちを育てるためには私が働かねばなりませぬが、皇城からお暇を出されるような女は、どこのお屋敷でも雇っていただけません。罰を受ければ、なおさらです。娘たちの行く末を思い、悲嘆に暮れていた私を、殿下が救ってくださったのです」

当時、乙切は紫凰と親しかったわけではない。もちろん、身代わりを頼んだりはしていないけれど、紫凰が自ら母親に、鏡を割ったのは自分だと申し出たそうだ。

「紫凰様は元々女御様には疎《うと》んじられておいででしたが、そのことがあり、いっそう遠ざけられてしまうことに……。なのに、私は、娘を育てるために真実を口にできませんでした」

殿下には、どれだけ感謝してもしたりませぬ、と乙切は静かに告げた。

「私、殿下にお尋ねしたんです。どうして、私を助けてくださったのか……」

「何か、特別な理由が？」

「一言で申せば、殿下のお人柄です」

「お人柄？」

「殿下は、ほんの時々、朝のお支度を手伝わせていただく私の顔をきちんと覚えてくださっていました。それればかりか、殿下は私にこう仰いました」

――私は女官がいなければ何もできない子供ゆえ、そなたらには感謝している。だから、私にできる手助けがあれば、したかったのだ。

「皇子様方の中には、女官など動いて喋《しゃべ》る人形とでも思っておられる方もいらっしゃるのに、紫凰様は本当にお優しい方ですわ」

そう言って、乙切は笑んだ。

「千隼様の女官長として、このような発言は不適切かもしれませんが、私は紫凰様が皇太子候補であられたらよかったのに、とたびたび思いますわ」

武官たちも乙切も、迷いなく紫凰を称賛する。

そして、千隼も実際に、紫凰が貴賤の別《べつ》なく向けた優しさを見た。

けれども、紫凰が自分を裏切ったのもまた事実だ。

この十三年で、紫凰は変わったのかもしれない。しかし、ならばなぜ、女官や武官に心から慕われる人望の厚い皇子が、皇太子候補から外されたのだろうか。

「……どうして、紫凰殿下は皇太子候補に選ばれなかったのですか？」

乙切は少し視線を揺らしてから、「お母上の女御様のことが原因かと存じます」と言った。

「女御様は皇都の北の山里にある離宮で、わずかな侍女たちとお暮らしで……」

この十四、五年ほど、そんな状態だという。

「表向きはご病気のための静養ですが、実際は幽閉されておいでなのです」

「幽閉?」

驚いた千隼に乙切が語ったところによると、咲麗子は後宮の舎殿でひっそり皇帝の訪れを待つうちに嫉妬に狂って己を失い、皇帝の愛を奪ったべつの女御に短剣を振りかざして襲いかかったのだという。

幸い、どちらにも怪我はなかったものの、咲麗子の凶刃は相手の女御の——今は皇后となって後宮の頂点に君臨する珊瑚《さんご》の髪を切り落としてしまった。

「そうしたご事情で、殿下の宮廷でのお立場はよくないのです」

殿下ご自身には何の落ち度もありませんのに、と乙切は重いため息をつく。

「女御様の事件が起きる少し前に私は除目《じもく》で内侍司《ないしのつかさ》へ移っており、何のお力にもなれず、殿下は長いあいだ、お母上にもお父上にもうち捨てられた皇子でしたが……、五年前のことです。異母兄上《あにうえ》の夕飛殿下の長子をお産みになられたお妃が、その皇子様のために紫凰殿下がそれまで住まわれていた舎殿をご所望になられたのです」

後宮には、妃や皇女が住まう区域と元服の儀式を終えた皇子たちが住まう区域とがある。生まれたばかりの皇子の将来のために舎殿を贈るのは異例だったが、夕飛は第一皇子で、その母親は皇后の珊瑚。皇太子候補の筆頭である夕飛の第一皇子のために、と皇后は皇帝に相談せず、自身の一存で舎殿を取り上げたばかりか、紫凰を後宮から追い出してしまったという。

皇帝が事の次第に気づいたのは、紫凰が母親の住む山里の離宮へ身を寄せてしばらくした頃だったそうだ。

　さすがに、皇帝も紫凰を不憫《ふびん》に思ったらしい。ちょうど、紫凰の二十歳の誕生日が近かったこともあり、後宮の少し外れた場所にある、しばらく使われていなかった舎殿を紫凰の新たな住まいとし、さらに望みの品を何でも与えると約束した。

　そして、紫凰が求めたのは、船と異国との貿易の許可だった。

「最初、殿下に贈られた船は一隻のみでした。けれど、殿下はご自身の才覚によって交易を成功させ、どんどんと船を増やされ、今や誰もが羨《うらや》む巨万の富を築かれました。それゆえに妬《ねた》みも買われ、殿下を『商いの白虎王』などと嘲《あざけ》る者もおりますが」

「……白虎王？」

　皇帝の子である皇子と皇女は、生まれながらに「王」と「女王」の身位《しんい》を持ち、公にその存在を認められることで「王」は「親王」、「女王」は「内親王」の位を授かる。

　有り体《てい》に言えば、王や女王は朝廷に存在価値を否定された皇帝の庶子であり、親王である皇子を「王」呼ばわりすることは本来ならあり得ない不敬だ。

「そんな侮辱が許されているのですか？」

　そうする義理などないのに、つい同情して眉根を寄せた千隼に、乙切が微苦笑を向ける。

「さすがに今は表立ってそう口にする者はあまりおりませんが、『白虎王』の呼び名は貴族のあいだですっかり定着してしまったと申しますか……。紫凰殿下が親王宣下《せんげ》を受けられたのは、ほんの半年前のことですので」

「半年前？」

「はい。半年前、殿下は長年、朝廷を悩ませてきた海賊団を壊滅されましたので、その功績によって親王の位を賜《たまわ》ったのです」

母親が特別の寵愛を受ける妃であれば生まれてすぐに親王となる皇子もいるが、幼いうちは丈夫に育つ保証がないため、皇子に親王位が与えられるのは十歳前後が普通だ。

しかし、紫凰の場合は白虎であることや、母上が皇后を襲撃した事件のせいで、親王宣下を受けることはなかったそうだ。

「皇子を産まれた方の身分がよほど低くない限り、大抵はそのご実家が後押しをされて親王の位を賜るのです。紫凰殿下にも大納言のお祖父《じい》様と蔵人頭《くろうどのとう》の伯父上様がいらっしゃったので、そのおふたりがご健在であれば、もっと早くに親王になられていたやもしれませぬが……」

「では、おふたりはもう亡くなられているのですか？」

はい、と乙切は頷く。

咲麗子の一件では、珊瑚とその実家の左大臣家の怒りはもちろん、後宮で刀を抜くという狂態への批難も凄まじかったそうだ。そのため、父親の大納言と兄の蔵人頭は咲麗子に連座《れんざ》して蟄居《ちっきょ》を命じられた上、財産も没収されたという。あまりの失意のゆえに、ふたりはほどなくほぼ同時に病に斃《たお》れ、大納言家は潰《つい》えてしまったそうだ。

「殿下の後ろ盾は主殿頭《とのものかみ》の明堂魁焔殿《みょうどうかいえんどの》くらいで、その明堂殿は殿下の許嫁である火織子姫《かおるこひめ》の父親なのですが、父娘《おやこ》揃ってあまり評判はよくありませんしねえ……」

二十五歳となった今の紫凰がどのような人物であれ、この先の自分の人生に関わることなど決してない。

今更、その為人や事情をあれこれ知ったところで、胸が重くなるだけだ。

そうですか、の一言ですませ、もうこの話は切り上げればよかったのに、千隼はつい訊いてしまった。

「……どう、よくないのですか?」

「明堂殿は元は下級貴族の庶子で、商家へ養子に出されたそうなのですが、そんな身の上ゆえか、貴族社会での栄達《えいたつ》に並々ならぬ執着を見せている人物なのです。そのため、二十年ほど前に皇城で大がかりな舎殿の建て直しがあった際に、その費用の全額を賄うことのできる多額の私財を寄付して官位を買ったのです」

「宮殿の建て直しを個人で引き受けたのですか……」

一体、どれほどの財を用意したのか、千隼には想像もつかない。

適切な言葉なのかはわからなかったが、「すごいですね」と呆けるしかなかった千隼に、乙切も「明堂家は大変な富家《ふうか》ですから」と苦笑いをする。

「官位を金で買うと、その次には血筋に箔《はく》をつけたくなるのが常というもの。明堂殿はちょうどその頃、奥方を産褥《さんじょく》で亡くされたこともあって、名家の姫を後妻として迎えることを望んでいたようですが、首を縦に振る家はありませんでした」

高望みが過ぎるせいで、明堂は未だに正妻を持てないでいるらしい。

しかし、十数年前、そんな明堂に目をつけたひとりの貴族がいた。

──病の床に伏していた大納言だ。

「若かったぶん、失望が深かったのか、ご子息の蔵人頭に先立たれた直後のことと聞き及んでおります。ご自分がみまかられたあと、幽閉中の女御様と後ろ盾を持たない無位無官の皇子である紫凰様がどうなるか、心配されたのでしょう。大納言様は、紫凰様と火織子姫との婚約を明堂殿に申し出られたのです」

高貴な血を求めていた明堂は二つ返事で応じ、紫凰と母親の女御の支援を約束したという。

そして、皇帝も、紫凰と火織子との婚約をあっさり許したそうだ。無位無官で何の将来も望めない皇子と商人上がりの新興貴族が結びついたところで、政には何の影響もないと判断されたのだろう。

「そのようなことが……」

千隼は低く声を落として、杯《さかずき》を呷《あお》った。

飲み慣れない極上の酒が、喉をすべり落ちてゆく。

空になった杯に、乙切が提《ひさげ》を傾け、酒をつぐ。

「ところで、明堂家の姫はおいくつですか？」

「確か……、二十一かと」

乙切の答えに、千隼は首を傾げた。

庶人《しょじん》ならともかく、貴族の姫が二十歳を過ぎて未婚であるのは珍しい。

「姫が二十歳を超えておられるのに、まだ婚約の状態のままなのですか？」

「六年前に一度、婚儀の日取りが決まりかけていたそうですが、女御様が大病を患われたため、取りやめになったのです。幸い、女御様は快復されましたが、婚儀の日取りを決め直す間もなく、今度は殿下が皇城を追われる騒ぎが起きてしまい……」

「それを機に、明堂家に婿入りをされるという話にはならなかったのですか？」

「ええ。そのときは、明堂殿は殿下を何としても皇城へお戻ししようと、色々と画策されたようですわ」

皇子が臣下の家へ婿入りするには、皇籍《こうせき》を返上しなければならない。

しかし、明堂とその娘が望んでいたのは、臣籍《しんせき》に下った元皇子を婿に取ることではなく、皇子の住まう皇城へ自分が入ることだった。

「皇族方は、今上帝の皇子、皇女である限りは、後宮にお住まいになることを許されています。今上陛下の御代《みよ》はまだまだ長く続きそうでございますゆえ、火織子姫はそのあいだにどうしても、皇城へ妃として入られたいのでしょう。皇子の妃と、元皇子を婿に取った主殿頭の娘では、その立場には天と地の差がございますゆえ」

当時、すぐに婚儀をおこなう気が明堂家になかったため、まだ娘の許嫁でしかない紫凰を邸に引き入れるのは外聞が悪いと考えたらしい。

だから、紫凰は母親の女御が幽閉されている離宮以外に行き場がなかったといういきさつに、千隼は「なるほど」と頷く。

「同じ掴むことができる可能性なら、より条件の高いほうを求めたくなる気持ちは、わからなくもありませんが、あまりにあからさまな下心は、いささか殿下に失礼な気が……」

「ええ、まことに。けれど、礼節を重んじる方でしたら、そもそも官位を買ったりはいたしませんわ」

なるほど、と千隼は苦笑交じりに繰り返す。

「とにもかくにも、明堂殿の思惑通り、殿下は皇城へ戻られました。けれど、その後、殿下は一年の大半を船で過ごすようになられたため、婚儀のお話は進まないままなのです。しかも、殿下の舎殿は今も後宮にございますが、殿下は財を成されて、街中に構えたお邸に居を移されてしまわれたのですから、皮肉な話ですわ」

そう言って、乙切は小さく笑った。

「私などが口を挟めることではありませんし、明堂殿が紫凰殿下のお苦しいときを支えられたのは紛れもない事実ですが、不遇な皇子であられるからこそ、結婚くらいは幸せにされてほしかったのですか……」

「……明堂家の姫との婚儀は不幸せだと？」

飲み慣れない美酒に悪酔いでもしたのか、訊く意味のない質問がまた唇からこぼれた。

すると、乙切はきっと眉根を寄せ「明堂家の獣性は火蜥蜴《ひとかげ》です」と告げた。

「火蜥蜴……。珍しいですね」

「珍しいだけならいいのですが、火織子姫はその獣性に相応《ふさわ》しく、それはそれは気性の激しい、自由奔放な方なのです。姫君であられるのにおひとりで馬に乗ってあちらこちらへお出かけになったり、殿下とご一緒の際は人目も憚《はばか》らず殿下に纏わりつかれたり……」

乙切の話では、火織子姫は宮中では「奇行の姫」として名高いらしい。

「しかも、姫には、炎を操る能力がおありです」

獣人には、神子族が天から連れてきた天獣《てんじゅう》を祖に持つ者もいる。

たとえば、鵺や玄武《げんぶ》や猩々《しょうじょう》、火蜥蜴だ。

もっとも、天獣の子孫とは言っても、彼らが神子族のように神聖視されることはない。神子族とは違い、時代を経るあいだに様々な血が混ざり合い、祖先の姿を保ててはいても、天獣としての能力はすっかり失われてしまったからだ。

しかし、ごく稀に、先祖返りをして異能を持つ子供が生まれることもあり、明堂家の姫はその例外らしい。

「荒々しいご気性のゆえに、火織子姫は使用人を奴婢《ぬひ》のように扱われ、気に入らない者を焼き殺してしまわれたこともおありとか」

そのような方が、あのお優しい紫凰殿下のお妃に相応しいとは思えません、と乙切は語調を強めた。

正装した五百余名の官人、官女、護衛の武官を引き連れた群行を紫凰はみごとに統帥し、笹椋を発った半月後の、予定通りの日に千隼は皇城へ到着した。

その日は、白々とした陽光の照り返しが目に痛いほど眩しい夏の盛りで、御簾《みす》で覆われた輿の中でじっとしているだけでも息苦しくなるような熱が空気に重く溶けていた。

子供の頃、皇城の中の祖母に会いに行く際にこっそり通ったのは、商人らが出入りする通用門だった。だが、今日は皇城の正門を——天に向かって聳《そび》え立つ巨大な朱塗りの楼門をくぐり、入城した。

千隼の乗る輿は逞しい力者たちに舁かれて、皇城の中をゆっくりと進んだ。

御簾の向こうに、優美に連なる白銀の瓦や、鮮やかな朱塗りの柱が淡く浮かんでいる。

見る者のため息を誘う豪奢な建物群が延々と続く光景に、千隼は双眸を細めた。

秘密の客として皇太后の舎殿に滞在し、紫凰とこっそり探索して回ったときには目にしなかった場所がほとんどだが、ところどころの眺めには見覚えがあった。

懐かしさだけではない思いが胸に満ち、千隼は深く息をついて目を伏せた。

しばらくして、力者が歩みをとめ、輿が静かに地に下ろされた。

「千隼様。長旅、お疲れ様でございました」

お出ましを、と乙切に促されて輿の外へ出る。

そこは、後宮への入り口となる荘厳な楼門の前だった。門の正面には「宝仙門《ほうせんもん》」と書かれた扁額《へんがく》が掲げられていた。

後宮は、皇帝の妃や皇女が住まう領域の「朱庭《しゅてい》」と、成人した皇子たちが暮らす領域の「黒《こく》庭《てい》」、そして朱庭と黒庭とを隔てる広大な園地である「黄苑《こうえん》」とに分かれている。

千隼は男の聖宮となるので、黒庭にある菫星殿《きんせいでん》を与えられると聞いている。

宝仙門は後宮の黒庭側の門で、その奥には千隼を出迎えに来た菫星殿の女官たちの姿があった。そして、千隼が降りた輿の向こうには、群行に随従してきた者たちがずらりと並んでいた。

その先頭に立っていた美々しい鎧姿の紫凰が千隼のすぐそばまで歩み出て、跪いた。

千隼の脇に控えていた乙切が、そっと告げる。

「千隼様。殿下にお言葉を」

「……尽力、感謝します」

「身に余るお言葉、光栄に存じます。蘭家の一の宮様には、恙ないご聖婚をお祈り申し上げております」

乙切に教わった通りの言葉を告げた千隼の声も、おそらく儀礼として決まっている文言を返しただけだろう紫凰の声も、淡々としたものだった。

千隼は乙切と女官たちに先導され、黒庭へ入った。

一瞬、振り返ると、武官らと共に宝仙門から離れてゆく紫凰の後ろ姿が見えた。

「千隼様、どうかなさいましたか？」

「何でもありません。このあと、すぐに陛下にお目に掛かるのですか？」

「はい。陛下と神子族の長の黒慧《くろえ》様が、千隼様のご到着をお待ちですので。皇太子候補の皇子様方とお会いになるのはその後、お召し替えをされてからとなっております」

「今日は、それで休めるのですか？」

まさか、と乙切が眉根を寄せる。

「夜に、千隼様をお披露目するための宴《うたげ》がございます。お忘れでございますか？」

「――ああ。そうでした」

ため息交じりに言って、続けざまに紫凰も宴に出るのか訊こうとしたことに気づき、千隼は慌てて言葉を呑み下す。

笹椋から皇都までの半月の旅のあいだに、乙切とはずいぶん打ち解けられた。

けれども、紫凰とは、日々の出発と到着の報告を受ける際に形式的な挨拶をするだけだった。

当然、自分のことを覚えているのかどうか、確かめることすらできていない。

ただ、紫凰が、一度でもそば近くに仕えたことがある者からは深く慕われ、関わりを持ったことがない者には白虎の獣性を理不尽に軽んじられていることはわかった。

そして、自分と交わした誓いが破られた理由も、大体は把握できた。

『大切にせねばならぬ許嫁の姫ができたゆえ、もうそなたにつき合って子供の遊びをする暇はなくなった』

唐突にそう突き放されたときは悲しくて、心が半分死んだように辛かった。

あの別れのあとにも辛いことが続きすぎ、自分の気持ちと冷静に向き合う余裕がないまま、紫凰との思い出は記憶の底に埋もれていた。そのせいで気づけなかっただけで、本音では紫凰のことを深く恨んでいたかもしれない。

だが、当時は知らなかった事情を知り、ふいの再会で乱れた心も落ち着いた今、恨む気持ちを持つことなど無理だ。

別れの言葉がどうしてあんなに冷たいものだったのかは、想像するしかない。

理由を告げたところで、十二と十一の子供ふたりではどうしようもないという諦観がそうさせたのだろうか。

あるいは、乙切たちに聞かされた明堂火織子についての噂は真実ではなく、火織子は本当は心優しいたおやかな姫で、紫凰が彼女を一目見て、恋に落ちたという可能性もある。たとえ、噂通りの変わった姫だったとしても、それが紫凰には却って魅力で、火織子を千隼より気に入ったのかもしれない。

何にせよ、十二の子供だった紫凰には、火織子と婚約する以外の道などなかったのだ。

明堂家という後ろ盾を得なければ、新しい皇帝が立ち、後宮から放り出されたとき、受け継ぐ財産も支給される時服《じふく》もない無位無官の皇子は野垂れ死ぬしかないのだから。

冷たく投げられた別れの言葉の理由のひとつが火織子への心変わりだったとしても、詰《なじ》って責めてやりたいとは思えない。

もちろん、詫《わ》びの一言くらいあってしかるべきだと考えてすらいないと言えば嘘になる。

よく笑ってくれた子供の頃とは別人のような素っ気なさは、正直なところ、寂しい。

自分のことを覚えているのかいないのか、はっきりしない状況が、どうにも落ち着かない。

けれども、心に溜《た》まるそんな靄《もや》を晴らしたところで、一体、何になるだろう。

自分はもうすぐ聖宮となり、顔も知らない皇子と子を生さねばならない身で、紫凰には許嫁がいる。

謝罪されたところで、昔のように微笑んでもらったところで、過去の記憶を確かめたところで、すべては今更だ。何がどうなるわけでもない。

ならば、一日も早く、過去ときっぱり決別すべきだと思った。

乙切の話では、紫凰は街中の邸を住まいとし、一年の大半は船に乗っているという。自分が皇城にいるあいだに再び紫凰に会うことは、もうないだろう。

会いさえしなければ、気持ちは勝手に薄れてゆくものだ。

かつてもそうだった。だから、今回もきっとそうできるはずだ。

胸の中で何度もそう繰り返しながら、千隼は皇帝が神子族の長と共に自分を待っている御座《ござ》所《しょ》へ向かった。


後宮の中の、今晩の月が最も美しく見えるという舎殿で盛大な宴が始まり、数刻が過ぎた。

そして、庭の舞台で楽人が奏でる雅やかな音色よりも、簀子にずらりと居並ぶほろ酔いの貴族たちが響かせる陽気な笑い声のほうが大きくなった頃のことだ。

夜空で輝く月のもと、優艶な衣装がひらめく幻想的な舞を廂《ひさし》から眺めていると、千隼の杯に酒をついだ乙切が「私、とても気分がようございますわ」と微笑んだ。

「この酒のおかげで？」

先ほどから乙切も一緒に飲んでいるこの酒はきりりと澄んでいて、確かに美味い。

笹椋の醒ヶ井にも送ってやりたいと思いつつ問うた千隼に、乙切が首を振る。

「違います。千隼様の、どのお妃様も皇女様も敵《かな》わない美しさのおかげです」

皇帝と皇后に次ぐ位置に敷かれた畳の上で乙切の選んだ綾の衣を纏って座る千隼の近くには、

乙切しかいない。開宴の儀の際には皇帝の妃や皇女、高位の女官たちが整然と居並んでいたけれど、今は誰もが、礼を失《しっ》しない範囲で場所を移って寛いでいる。

だからなのか、酒のせいも少しはあるのか、乙切がまるで少女のようなはしゃぎぶりを見せて言った。

「私は本当に鼻が高うございます。きっと皆が、酒よりも千隼様の美しさに酔っていますわ」

時折、こちらへ向けられる眼差しや、何事かを囁き合う声があるのははっきり感じる。しかし、それは千隼が人の血を半分宿す、翅のない神子族で、しかも男だということを珍しがっているものだろう。

仕える主人への欲目が少しばかり過ぎる気がしたが、乙切の喜びの邪魔をするのも気が引けて、千隼は無言で苦笑した。

「千隼様。私、千隼様のお生みになる皇子のお美しさがいかばかりか、今から楽しみで、胸が高鳴っておりますわ」

「……それは、少し気が早いでしょう」

もう一度苦笑いをこぼした千隼の前へ、ふと人影が近づいてきた。

逞しい長身に緋色の袍《ほう》と鴇色の指貫《さしぬき》を華やかに纏う、第一皇子の弾正尹宮夕飛だった。

「一の宮様。私に、宮様のかくもめでたきお越しへの感謝の気持ちを笛で捧げることをお許しいただけますか？」

断る理由もなく「ええ、ぜひ」と応じるや、「まあ」と高い声が上がった。

「では、来須にも宮様への歓迎の舞を捧げさせましょう」

拒むことを許さない口調でそう言ったのは、第二皇子・兵部卿宮来須の母親の女御だった。

「……ええ、ぜひ」

「おお、それはよい。続琉よ、そなたも加わってはどうだ？」

階隠の間に皇后と共に座していた皇帝までもが話に加わり、東側の簀子で端然と座していた続琉親王に声を掛けた。

「いえ、陛下。私は楽舞《がくぶ》は不調法につき、どうかご容赦を」

「陛下、叔父上は書物以外に興味のないお方。宮様の前で恥をかかせては、お可哀想《かわいそう》でございますゆえ、ここは我らが」

「風雅を嗜《たしな》まれない叔父上のぶんも、私と兄上とで宮様のお目を楽しませてみせましょうぞ」

言葉だけは丁寧に夕飛と来須が高慢に笑う。

しかし、侮辱を受けた当の続琉には、特に気分を害した様子もない。

「それは、かたじけない」

淡々と返した続琉に夕飛が鼻白んだ顔を見せつつ、舞台へ向かう。そのあとに、白藤色の直《のう》衣《し》姿が涼しげな来須も続く。

舞台に立った夕飛が笛を吹く。夜空に広がる冴えた音色に合わせて、来須が舞う。その袍の白藤色が月光に照り映え、目と耳に届く音も景色も実に優雅だ。

演者が、叔父を貶《おとし》める言葉を人前で平然と吐ける皇子たちだと知らなければ、感動していたかもしれない、と思うほどに。

「来須殿下は雅男《みやびお》に見えるけれど、本当は楽舞より弓と剣がお好きなのよ」

ふいに千隼の隣に腰を下ろした十二、三歳ほどの少女が、可愛らしく笑って言った。

乙切が「女二の宮様です」と小声で告げる。確か、皇后でも、来須の母親でもない女御が産んだ、皇帝の第二皇女だ。

皇女は千隼の耳もとに顔を近づけ、声を潜めて続けた。

「妹宮の寝所に忍びこもうとした狼藉者《ろうぜきもの》を、一太刀で殺しておしまいになったの。ご存じ？」

「ええ……」

三人の皇太子候補には宴の前に引き合わされたばかりで、儀礼的な言葉しか交わしていないが、それぞれの人柄については乙切から聞かされている。

二十七歳の夕飛は背の高い美丈夫《びじょうぶ》。まさに「黒獅子の皇子」そのものの威風堂々とした姿は人心を引きつける光輝を強烈に放っているものの、皇后を母に持つ第一皇子であるという自負ゆえに、傲慢《ごうまん》。

二十五歳の来須は一見して優美さが際立っている皇子だが、弓と剣の名手。武術だけでなく、諸芸に秀でている一方、妹宮に狼藉を働こうとした男をその場で斬り殺すような激情に駆られやすい面もある。

そして、今上帝の異母弟に当たる続琉親王は、皇太子候補の中では最年長の三十一歳。どんな学者も舌を巻くほどの秀才だが、学問以外に興味を示さない。そのため、賢明な治政を期待する廷臣もいれば、民の声に耳を傾けない暗君になると危ぶむ廷臣もいる。

夕飛と来須にはすでに幾人かの妻子があるけれど、続琉にはない。色欲とは無縁の、まるで聖者のような暮らしぶりらしい。

「なら、よかったですわ」

皇女が、鈴の音のような声を転がして言う。

何がよかったのだろう、と不思議に思った千隼を皇女は見つめて、微笑んだ。

「では、来須殿下は皇太子になさらないでくださいね」

「え……」

愛らしい皇女の過激な要求に、千隼はまたたく。隣に座す乙切も驚いて狼狽えつつ、周囲の耳目《じもく》がこちらではなくふたりの皇子が演舞する舞台へ向いていることを確かめていた。

「だって、まだ、皇太子はお決めになっていないんでしょう？」

「ええ」

「でしたら、勘違いで人を殺して謝りもしないような方は、候補から外すべきですわ」

「……勘違い？」

「そうですわ。来須殿下が斬ったのは、私に仕える女房の思人《おもいびと》でしたの。うっかり来須殿下の妹宮の舎殿に迷いこんだだけなのに、何の申し開きもさせずに殺してしまわれたわ。そんな方、絶対に皇太子に選ばないでっ」

自分の女房を悲しませた来須を恨んでいるのだろう皇女に、千隼は「声が大きゅうございますよ」と囁《ささや》く。

「二の宮様のお気持ちはわかりました。けれど、私には、そうするともしないとも、お約束はできません」

「どうして？」

「皇太子は、天のご意思によって選ばれるからです」

皇帝の日常の御座所である白瑞殿《はくずいでん》で皇帝と神子族の長の黒慧に謁見したあと、千隼は黒慧に伴われて白瑞殿の西側にある天藍殿《てんらんでん》へ渡った。

天藍殿は、黒慧が入城中の居所としている舎殿だ。

これまで、天霧山から聖宮の心得の指南のようなものはなかった。だから、聖宮に選ばれても皇都からの迎えが来るまでは自由に過ごせたぶん、入城後に神託を受け取るための修練のようなものをおこなうのだろうと思っていた。けれど、三人の親王の中から皇太子を選び、子を生すこと、という天から千隼に課せられた務めを改めて聞かされただけだった。

『ほかは何もせずともよい。そなたの務めは、そのふたつのみ』

『……それだけ、ですか？』

神子族独特の衣装のせいか、美しいけれど、黙って座っていれば年齢も性別も判然としない黒慧は、戸惑う千隼に『そうだ』と無表情で返した。

『宴に呼ばれても出たくなければ、出ずともよい。皇子らに会いたくなければ、会わずともよい。半分は人の血が流れていようとも、そなたは神子族の聖なる宮として天に選ばれたのだ。獣人の願いを軽々しく聞く必要はない』

そして、城内で何を見、何を聞こうとも、捨て置くことだ、と黒慧は淡々と言った。

『しかし、皇子たちと会わずに――その為人を確かめもせずに、どうやって皇太子を選べばよいのですか？』

『さすがは空雅の子よ。頓狂な質問だ』

そう言って、初めてうっすらと笑んだ神子族の長の声は、千隼や空雅を誹《そし》っているというより、面白がっているようだった。

『……私は、真面目《まじめ》に聞いております、黒慧様』

『時が来れば、わかる』

『どのようにして、ですか？』

『天は、皇太子の選者としてそなたを選ばれた。つまり、誰を皇太子に立てるべきか、そなたに天の意思が下る、ということだ』

『私はこれまで、普通の人間として生きてきました。天のご意思など、どうやって受け取ればいいのか、わかりません』

『わかる必要はない。そなたは、ただ時を待てばよいのだ』

『しかし、心構えがなければ、神託を神託だと気づけないかもしれません。神託とは、どのようなものなのですか？　何か、お声が聞こえるのでしょうか？』

『聞こえることもあれば、そうでないこともある。神託とは、学問のように明確な説明ができるものではない。とにかく、そのときが来れば、そなたにも自ずとわかる。皇太子はこの方でなければならぬ、とな』

黒慧はそんな雲を掴むような話しかしてくれないまま、天霧山へ帰ってしまった。宴に出る必要はないと言われたが、三人の皇太子候補と対面しても何も感じなかったことが不安で出席してみたものの、やはり天の啓示らしいものは特になかった。

だから、今の千隼にわかるのは「今日、自分は誰かを皇太子に選んだりはしないだろう」ということだけだった。

「そうなの……」

皇女は肩を落とし、千隼の前を辞した。

自分にはどうにもできないこととは言え、どうにも申し訳ない気持ちになって息をついたときだった。

皇后に次いで皇帝の寵愛を受けているという若い女御と女官たちがひそひそと交わす言葉が聞こえてきた。

「あら。紫凰殿下だわ」

「珍しいこと。殿下がこのような華やいだ席へお出ましになるとは」

「主殿頭の火噴き娘を連れておるではないか。大方、あの者に、陛下ご臨席の宴に出たいとねだられたのであろう」

女官たちの視線は廂の端に向いている。千隼も見やると、そこには、宴が始まったときにはなかった紫凰の姿があった。

黒地に白の雲立涌《くもたちわき》が織りこまれた品のある直衣と指貫を纏う紫凰の隣には、許嫁の明堂火織子だろう二十歳前後の美姫が寄り添っていた。

火蜥蜴の獣性ゆえか、燃えるように煌めく眼差しが印象的だ。つるりとした黒い尾と金泥《きんでい》を散らした衣の紅の対比が鮮やかで、火織子の美しさがよく映えていた。

皇都への道中で乙切から聞いた話では、かつての宴は御簾の内と外で男女を分けて催されていたが、何事も派手好みの皇帝の意向を反映し、ここ十年ほどのあいだにその垣根はずいぶん曖昧になっているという。

それでも、正式に夫婦になっていない相手との同席ははしたないとされるそうで、多くの者が眉をひそめていた。けれども、紫凰と火織子はまるで気にもとめていない様子で、楽しげに語らっている。

「それにしても、こうして見ると、なかなか似合いのおふたりですわね」

「商いの白虎王に商人上がりの火噴き娘じゃからの」

交わされる会話に側耳《そばみみ》を立てていた乙切が、「帝の寵姫様とは言え、紫凰殿下に対し、無礼ですわ」と口惜しげに唇を噛《か》む。

「火織子姫も、殿下の御為に少しは身を弁えられたらよいものを」

ぶつぶつと憤る乙切にとって、紫凰は明堂親子に金で買われた憐れな皇子だ。

けれど、仲睦《なかむつ》まじく身を寄せ合うふたりを見ていると、紫凰は自身を憐れんだりしていないように思えた。

火織子は時折舞台や、あでやかに着飾った周囲の公達《きんだち》たちへ視線を移しているが、紫凰は火織子しか見ていない。そして、火織子にだけ向く美貌には、優しい笑みが浮かんでいた。

笹椋から半月の旅のあいだ、自分には一度も見せてくれなかった甘やかな表情から目を逸《そ》らし、千隼はうつむく。

最初は金でできたゆがんだ縁でも、火織子だけを熱心に見つめて微笑む紫凰には、もうきっとそんなことは関係ないのだろう。

噂とはやはり当てにならないものだと思いながら、千隼はため息を小さく落とす。

遠い初恋の記憶などきっぱり捨て去ろう、忘れようと決めたはずなのに、胸がちくちくと痛んだ。

宴が終わり、乙切に伴われて菫星殿へ戻る途中、乙切の侍女が何やら慌てた様子でやって来るのが見えた。

「ああ。千隼様、乙切様。ちょうど、ようございました」

侍女は息を弾ませつつ、「千隼様の妹君《いもうとぎみ》がお越しでございます」と告げた。

「──清良が？」

「まあ。千隼様には妹君がいらっしゃったんですか？」

清良の存在を知らない乙切は目を丸くしていたが、千隼も清良の来訪に驚いた。

「ええ、ひとり……」

千隼は、清良には「一年後、皇城を出る際にそちらへ立ち寄る。皇城へは会いに来なくていい」と伝えていた。

いつも笹椋まで清良の手紙を届けてくれていた花房家の使いから、清良はとても美しく成長したと聞かされていた。麗人しか生まれないゆえに容姿の美醜へのこだわりがない神子族はともかく、皇帝に下手《へた》に目をつけられ、「男よりも、美しい娘こそ聖宮にふさわしい」などと言い出されては厄介だと思ったのだ。

しかし、そんなことはわざわざ伝えていなかったため、清良は群行を見て千隼の皇都到着を知り、会いに来た。

千隼との面会を求めて清良が皇城の門をくぐったのは、昼だったそうだ。しかし、城内で「蘭家の乙女」がふたりいることを知っているのは皇帝と黒慧、及びそのわずかな側近だけだったため確認に時間が掛かり、菫星殿への取り次ぎが今になったらしい。

そして、千隼と乙切の留守を預かる女官が、商家の娘とは言え、千隼の妹を庶人用の雑舎に置いておくことはできない、と菫星殿へ通すよう取り計らったという。

「半日近くお待ちのようでしたから、急ぎ、千隼様にお報せを、と申しつかりまして」

「そうですか。ありがとう」

誰に顔を見られるかわからない皇城へは足を踏み入れてほしくなかったが、もう来てしまったのなら仕方がない。

来るな、と告げはしたものの、会いたくなかったわけではない。むしろ、逆だ。

懐かしさに駆られて、千隼は菫星殿へ急いだ。そして、長衣の裾をたくし上げ、しばらく進んだところで足をとめた。

半月のあいだ、ろくに動かせなかった身体が鈍《なま》り、息が切れたからでも、後を追ってくる乙切に「ああ～！　そのお召し物で走ってはなりませぬ！　転んでしまいます、危のうございます！」としつこく繰り返されたからでもない。

昼間は気づかなかったが、立ち止まったその渡殿《わたどの》の遥か遠くに、闇の中できらきらと輝く大樹が——黄金の木蘭が見えたのだ。

「千隼様っ。ここは笹椋ではございませぬ。そのようなはしたない振る舞いは、お控えくださいませ。火織子姫のような悪い噂が一度立てば、なかなか消えぬのですよ」

ようやく追いついてきた乙切が、胸を大きく上下させながら千隼を窘《たしな》める。

「……そうですね。すみません」

返した声は、自分でも誰のものかと驚くほど細く掠《かす》れていたが、そうなった理由は考えたくなかった。

千隼は、清良のことだけを思って、ただ歩を進めた。菫星殿へ到着すると、男が纏っていてもおかしくない地味な衣に着替えるのももどかしく、そのままの格好で清良がいると女官に教えられた控えの間へ飛びこんだ。

燭台《しょくだい》が淡い光をぼんやりと広げるその小さな部屋の中で、庶人の正装をしたふたつの人影が振り向いた。

ひとつは、狩衣姿の若い人間の男のもの。もうひとつは花模様の小袖を纏い、自分とよく似た顔をした娘のもの。

清良と、おそらく許嫁の青年だろう。

「兄様！　まあ、美しゅうおなりになられて……」

泣き笑いの顔で言った清良の前に、千隼は「それは、俺がお前に言う言葉だ」と苦笑をこぼして座る。

ここ数年、文は頻繁に交わしていても、直接会うのは十二年ぶりだ。視線を合わせたとたん、感慨が胸に熱く満ちる。

「ずいぶん待たせたようで、悪かった」

いいえ、と清良が笑んで首を振る。

「こちらは、伊荻《いおぎ》殿か？」

頬《ほお》を上気させ、ぽかんと呆けて自分を凝視する若者に、千隼は微笑みかける。

「――は、はいっ！　伊荻屋が次男、秀馬《しゅうま》にございます！」

伊荻が、上擦《うわず》り気味の声を部屋いっぱいに響かせる。

「聖宮様におかせられましては、ご、ご機嫌麗しく、大慶至極《たいけいしごく》に……存じ奉りまする！」

「そう畏まらないでくれ、伊荻殿。俺は、まだ今は聖宮じゃない。清良の兄の、蘭千隼だ。清良の兄として、よろしく頼む」

「こちらこそ、よろしくお願い申し上げまする！」

伊荻が平伏したところへ、女官たちが食事と酒を運んできた。昼からずっと千隼を待っていた清良と伊荻のために、乙切が気を利かせてくれたようだ。

酒を酌《く》み交わしながら、千隼はふたりと語らった。

伊荻は清良よりひとつ年下で、同じ師に琵琶《びわ》を習っていた縁で知り合ったらしい。交わす言葉の端々から清良を心から大切に想っていることが伝わってきて、千隼はすぐに伊荻を好きになった。

祝言は、み月後だという。幸せな夫婦になれそうだと思い、千隼は嬉《うれ》しくなった。

「それにしても、わざわざ来る必要はなかったのだぞ？　そう報せたではないか」

酒を飲んで笑うと、清良の双眸に複雑な色が浮かんだ。

「ですが、秀馬殿も私も、兄様にお礼とお詫びをお伝えせねば、気がすみませんので」

千隼を見据える清良が、探る眼差しを向けてくる。

「兄様……、聖婚のこと、本当によろしいのですか？」

「神託は拒めないし、俺にはお前と違って想う相手などいないからな」

心配顔の清良が気に病まないよう、努めて明るく言ったつもりだった。

けれど、ふいに先ほど見た黄金の木蘭と、その下で紫凰と交わした誓いの言葉が脳裏を過ぎり、声が揺れた。

ほんのわずかな乱れだったが、清良はそれに気づいた様子で顔をさらに曇らせる。

「兄様……。申し訳ございませぬ」

男の千隼が聖宮に志願したのは、自分の身代わりになるため。

そのことを薄々察してはいても、自分が聖宮になるとは言い出せないせいだろう。

清良は今にも泣き出しそうな憂い顔を伏せて詫びる。

「申し訳ございませぬ！　武官として立派にお勤めをなされていた兄様に、私のためにこのようなことを……」

「義兄《あに》上様、私からもお礼を！」

清良の隣で伊荻も平伏し、板間に額を擦《こす》りつける。

「こたびのこと、どのように感謝しても、したりませぬ」

「清良、伊荻殿。詫びも礼も必要ない」

顔を上げてくれ、と千隼はふたりに笑って告げる。

「清良。俺は、僻地の野蛮な賊を追い回す血腥《ちなまぐさ》い毎日に、少し疲れたのだ。だから、しばらく宮殿でのんびり贅沢三昧《ぜいたくざんまい》もいいと思い、自分で望んでここへ来たのだ。お前への手紙にも、そのことは書いただろう？」

「……兄様」

言い繕《つくろ》う言葉を並べながら、千隼は自分の胸のうちを懸命に探った。けれど、今、自分が紫凰をどう思っているのか、よくわからなかった。

確かなのは、嫌悪はしていない、ということだけだ。

遠い昔の初恋の記憶を——紫凰との思い出を、捨て去ろう、忘れようと自分の心に言い聞かせて、その努力をしなければならないのは、まだどこかに未練が残っているからかもしれない。

だが、だとしても、自分と紫凰はもうどうにもならないし、なってはならない。

だからこそ、清良には幸せになってほしい。

そう強く願いながら、千隼は明るい笑顔を浮かべて言った。

「湿っぽい話は、これで終わりだ。久しぶりに会えたのだから、今宵は酒を楽しもう」


幹も枝も葉も、決して枯れることがないという花も、すべてが黄金でできている木蘭が、陽光を浴びて眩しく輝いていた。

『千隼、私はそなたに誓う』

あまりにきらきらと煌めき、白銀色にも見える木蘭の下でやわらかに微笑んだ白虎の皇子が、千隼を見つめて言った。

『いつか、この木蘭の花を両手一杯に持って、そなたを必ず迎えにゆく』

年はひとつしか違わないのに、ずいぶん高いところにある優しくて甘い双眸を見つめ返しながら、千隼は思った。

嘘つき。迎えになど、来てくれなかったくせに。

「……嘘つき！」

そう叫んだ自分の声で、千隼は目を覚ました。

頭上の見慣れない白絹張《しろきぬばり》の明障子《あかりしょうじ》と四方を囲む帳《とばり》をしばらくぼんやりと眺め、「ああ」と小さく呟く。

そこは、昨日、聖宮舎殿として与えられたばかりの菫星殿の中の千隼の寝所だ。

「夢、か……」

たぶん、紫凰に嘘をつく気はなかった。状況が変わった結果のことだった。――頭ではそう考えていたつもりなのに、今の叫びが自分の本音なのだろうか。

考えてもよくわからず、千隼は溜め息を落とす。

清良と伊荻に会えて嬉しかったのに、脳裏に黄金の木蘭がちかちかとちらつき通しで、楽しいのか悲しいのか判然としない酒を飲み過ぎたせいであんな夢を見たのだろうか。

もう一度深く息をつき、千隼は寝台の中でまたたいた。

辺りは静寂に満ちていて、ぴったりと閉じられた妻戸や格子の隙間から、青白い光がほのかに漏れている。まだ、夜と朝のはざまの時間のようだ。

乙切が起こしに来るまで寝直そうと思ったが、夢見が悪かったせいか、変に目が冴えてしまってもう眠れそうもない。仕方なく、千隼は寝台を出た。

女官たちが現れるのは、まだかなり先だろう。薄暗い部屋の中でひとりでじっとしているのは、退屈だ。千隼は庭園を散策してみることにした。

神子族の衣はひとりでは着られないので、笹椋から持ってきた狩衣を纏い、寝所の妻戸を開けた。朝靄が漂っているが、視界を遮るほどではない。

階《きざはし》を下り、千隼は黄苑へ向かった。

黄苑には、黄金の木蘭がある。あの樹を見に行って、どうしたいわけでもない。ただ、足がそちらへ向いた。

子供の頃、紫凰と見物して回った星の林や虹の滝、宝玉の花園はほとんどが黄苑にあり、こっそり滞在していた皇太后の舎殿は朱庭にあった。だから成人した皇子たちの舎殿が建ち並ぶこの黒庭に来たことはない。

ここから黄苑へ辿りつけるか、自信はあまりなかった。だが、自分はもう秘密の子供ではないのだから、もし迷ったら、巡回中の衛士にでも道を尋ねればいい。

そんなことを考えながら、千隼は早足に歩んだ。そして、空の色がだいぶん朝のものに近づいた頃だった。

「――上！　母上！」

ふいに、どこからか子供の声が聞こえてきた。澄ました耳に、かすかな水音も届く。

視線を走らせると、少し先に大きな池が見えた。

もしかすると、自分のようにひとりで起き出して、散歩をしていた子供が池に落ち、助けを求めているのかもしれない。

「母上、母上！」

子供の声と水がばしゃばしゃと跳ねる音が今度ははっきりと聞こえ、千隼は池へ駆け寄った。池のほとりのぎりぎりに立ち、声の主を探す。だが、その池は果てが見えないほど大きい上に、蓮《はす》の花が一面に咲き乱れる水面には朝靄が淡い紗《しゃ》をかけていて、視界がひどく悪い。

子供が溺れているのなら、早く助けないと手遅れになるかもしれない。

そう思って焦り、池のほうへ身を乗り出した瞬間、背後から伸びてきた腕が千隼の腰に強く巻きついた。

「千隼！」

聞き覚えのある声が、鋭く響く。

振り向くと、吐息すら感じそうな近くで紫凰と視線が絡む。

「え……？」

驚いて目を瞠った千隼の身体を、狩衣姿の紫凰が引きずるようにして池から離す。

「ここは常蓮《じょうれん》の池だ！　忘れたのかっ」

耳もとで怒鳴られ、思い出す。

一年中、色とりどりの蓮が水面を覆っていることから「常蓮の池」と呼ばれているこの池は、飛びこめば時空を渡ることができる。

けれども、望んだ時と場所へ行き、帰ってこられるのは、神子族の中でも特別に強い力を有した者、あるいは天に選ばれた者のみだ。

力も神の許しもないまま池へ入れば、二度と戻ることは叶わない。

だから、飛びこんだ者がどうなったのか誰にもわからず、その「わからない」ことに一縷《いちる》の望みをかけ、許されない恋に落ちた高貴な恋人たちが入水《じゅすい》することもあると聞く。

「こんなところで、何をしている！　まさか、聖婚から逃れるために、飛びこむつもりだったのかっ」

鼓膜を劈《つんざ》く迫力に気圧《けお》され、千隼はぽかんとまたたく。

「……いえ。ここが『常蓮の池』だとは、気づいていませんでした。子供の声が聞こえたので、誰かが溺れているのかと思い、探しておりました」

千隼が答えると、ややあって、紫凰の手が千隼を離れた。

長い漆黒の垂らし髪が縁取る美しく精悍《せいかん》な顔には、少しばつの悪そうな色が浮かんでいる。

「それは失礼いたしました、一の宮様」

言葉遣いを改め、紫凰は一礼する。

「とにかく、子供の声は鳥か何かの声を聞き間違えたのでしょう。この池で泳ぐ子供などおるはずがありませぬゆえ」

「……どうして、そう言い切れるのです？」

自分が池へ身を投げると勘違いし、本気で声を荒らげ、けれどすぐに素知らぬふりをする紫凰へ向ける声が、低く掠れた。

「この池に近づくことができるのは、後宮に住まう皇族と長の許しを得た神子族、そして衛士のみ。しかし、二年前、女三の宮と女五の宮が異母姉妹でありながら惹《ひ》かれ合い、入水する悲劇があり、皇族も近づくことが禁じられました。入城する神子族にも、衛士にも子供はおりませぬゆえ、一の宮様がお聞きになったのは鳥の声か、空耳かと存じます」

「……そのふたりの女宮はどうなったのですか？」

「わかりませぬ。遺体は上がりませんでしたので、いずれかの世のどこかへ共に流れ着いて、幸せでいることを祈るのみです」

淡々と告げ、紫凰は「ところで」と続ける。

「一の宮様は、黄苑で何をされるおつもりですか？」

「何ということはありません。目が覚めてしまったので、散歩をしていただけです」

本当のことを口にもできず、千隼は早口にごまかす。

「殿下こそ、何をされているのですか？」

「昨夜は数年ぶりにこちらの舎殿に泊まり、慣れない寝台のせいか私も目が覚めてしまい、馬にでも乗ろうかと思っていたところ、奇妙な格好でただならぬ様相をされている一の宮様をお見かけしたものですから」

抜け出してきた寝台に、火織子はいるのだろうか。

反射的にそんな考えがわいたことに驚き、その狼狽が自分を「千隼」と呼んだ——過去を覚えているくせに忘れたふうを装い続けていた白虎の皇子への苛立《いらだ》ちを生んだ。

「奇妙なのは、その呼び名のほうです。俺は、蘭千隼です」

気がついたときにはそう口走ってしまっていた千隼を見据え、静かに言った。

「ですが、聖宮様となられるお方でもあります」

「一年だけのことです」

「一年だけ？」

「ええ。務めを果たせば、笹椋へ帰ります。俺は、笹椋警衛十隊の二番隊副帥ですので」

千隼がまっすぐに返した眼差しからふと逸らした目で一瞬、天を仰いだ紫凰は、漆黒の髪をかき上げながら「変わったな、そなたは」と苦笑した。

「迷子になったと泣きじゃくる愛らしい子供であったのに、太刀を振り回して賊の首を撥ね飛ばす武官になっていようとは、想像もしなかった」

「……変わったのは、殿下も同じでしょう」

双眸をわずかに細めた紫凰が、何かを言おうとした寸前、池の水面が揺れて、大きく水しぶきが上がった。

そして、何か小さくて白いものが、水しぶきの向こうから飛び出してきた。

「母上！」

ずぶ濡れで、頭に白い蓮を載せた白虎の子が、千隼に勢いよく抱きついた。

「母上、母上ぇ……！　お会いしとうございましたあぁ……！」

泣きながら、ぎゅうぎゅうとしがみつかれ、千隼は唖然《あぜん》とした。

子供などいるはずがない池から子供が飛び出してきたことも不思議だったが、それ以上になぜ自分が「母上」と呼ばれるのか、さっぱり理解できなかった。

けれど、縋《すが》りついてくる白虎の子の声があまりに切なげで、「人違いだ」と素気なく返すことはできなかった。

「……そなた、名は？」

とりあえず撫でて、名前を訊いてみる。すると、白虎の子は青く透き通った大きな目を困ったようにぱちぱちしばたたかせた。

「名前……。わたくしの、名前……」

「そうだ。何という名だ？」

「……覚えておりませぬ」

白虎の子がしょんぼりと下げた髭《ひげ》の先から、水滴がぽたぽたと滴り落ちる。

気のせいか、その頭に載せている白い蓮の花もしんなりして見えた。

「自分の名だぞ。本当に覚えていないのか？」

声を穏やかにして問いかけた千隼に、白虎の子はこっくり頷く。

「でも、母上がわたくしの母上だということは、ちゃんと覚えておりまする！」

伸び上がってそう訴えた白虎の子の首根っこを、ふいに紫凰が持ち上げる。

「ああ～。母上ぇ～」

千隼から引き離され、むっちりした四肢をばたつかせる白虎の子に、紫凰が「そなた、どこから来た？」と問う。

「まさか、池の向こうからか？」

「……池の向こう？」

紫凰の質問の意味が、よくわからないらしい。

首根っこを掴まれて空に浮く白虎の子はぷらぷらと揺れながら、小首を傾げた。

「そなた、どうやって、ここへ来た？」

池に飛びこみました、と白虎の子は答える。

「母上がいなくなって、わたくしはとても寂しゅうございました。池に飛びこめば、母上のいらっしゃったときに戻れると誰かが申したので、どぶんと飛びこんだのでございます」

「誰かとは、誰だ？」

鼻先に白虎の子を持ち上げ、紫凰は問いを重ねる。

「覚えておりませぬ」

「では、この者の名は？」

紫凰が千隼を指さす。

「母上です！」

白虎の子は、濡れた尻尾《しっぽ》をぴちぴちと振って高らかに告げる。

小さく息をつき、紫凰は質問を続ける。

年齢。父親の名前。住んでいた場所。色々なことを尋ねてみたものの、白虎の子は何も答えられなかった。しかも、半姿や人姿を取る力もないようだった。

ただただ、千隼が自分の母親だと繰り返すばかりで、確かなのは、紫凰が確認した男子という性別のみだ。

「……どういうことでしょうか？」

千隼はどうにも訳がわからない思いで、困惑する。

「俺、この子の母親にそんなに似ているんでしょうか？」

「あるいは、本当に母親か……」

紫凰の低い呟きに、千隼はまたたく。

「そなたも、この者が池から現れたのを見たであろう？」

「はい……」

「池に飛びこみ、時空を渡ってきたのであれば、未来から来たそなたの子やもしれぬ」

「でも、白虎の……獣人の子供です。希望通りに時空を渡れるはずがありません」

そうとも限らぬ、と紫凰は首を振る。

「そなたの父親は、神子族随一の力を誇った方。おそらく、常蓮の池も自由に行き来できたはず。その力を、そなたを通してこの子供が受け継ぎ、時間を遡《さかのぼ》ってきた、と考えられないことはない。だが、神子族の血が薄いせいで、身体と一緒に記憶も持ってくることはできなかった、ということやもしれぬな……」

「では、この子は本当に俺の子なんでしょうか……」

しかし、だとすれば――。

皇太子候補は皆、黒獅子だ。なのになぜ、この子供は白虎の獣性を持って生まれてきたのだろうか。

それに、白虎の子がしきりに繰り返す、「母上がいなくなったので、池に飛びこんだ」という言葉は何を意味しているのだろうか。

笹椋へ帰った、ということだろうか。

千隼は聖花卵から孵った子には、会うつもりはなかった。心残りを作らず、笹椋へ戻るためだ。しかし、この白虎の子は、自分を母として慕っている。つまり、母と子の触れ合いを持ったということで、ならば自分が皇城を出る際、この子供は泣いて縋りついただろう。

こんな小さな子供を振り払えるほど、自分は冷血だとは思えない。

子供を捨ててでも、笹椋へ戻らなければならない理由ができたのだろうか。

——それとも。

自分は、死んでしまうのだろうか。

この白虎の子はせいぜい四、五歳だろう。

そして、自分の命もそのくらい。

そんな考えが脳裏を過ぎり、背筋を寒くさせたとき、紫凰が白虎の子を地面に下ろした。

「悪く考えるな、千隼」

紫凰は千隼の肩に手を置き、声を強く響かせる。

「この子供を置いて、笹椋へ帰っただけだろう」

慰めてくれようとする力強い声音が嬉しく、不思議と心が軽くなる。

何もかもが不確かな状態で、確かめようがない未来を怖《おそ》れても仕方がない。

はい、と頷いた千隼の足もとで、白虎の子がぶるっと小さな身体を震わせた。

散った水と一緒に、頭にちょこんと載っていた白い蓮が空に飛び、地に落ちる。

白虎の子はその白い蓮を前肢でつついてから、なぜか紫凰をじっと仰ぎ見ながらその周りを何度かぐるぐると回った。

「あなた様は、白虎でございますか？」

「そうだ」

「やはり！　あなた様は少しもふかふかしておられませんが、わたくしと同じ匂いをぷぅんと感じましたゆえ！」

しばらく鼻をふんふんと動かしていた白虎の子は、やがてにっこりと笑って言った。

「あなた様は、わたくしの父上でございますね！　あなた様からも、母上と同じ、とっても安心する匂いがいたしますゆえ！」

え、と思わず声を上げたのは、千隼だ。

紫凰は片眉を撥ね上げ、思案顔で黙っていたが、ややあっておもむろに口を開いた。

「そうか。だが、私はそなたの父やもしれぬし、違うやもしれぬ」

「どっちでございますか？」

鼻筋に皺を寄せた白虎の子に、紫凰は「今はわからぬ」と苦笑した。

「父上からは、わたくしと同じ匂いがいたします！　ゆえに、父上は父上だと思うのでございます！」

「それは、父親の匂いではない。同族の白虎の気配であろう。我ら皇族は、一族の者を決して見誤らぬ」

「でも、父上からは父上の匂いがいたしまする！　わたくしの鼻はききまする！」

「そなたは幼いゆえ、匂いと気配の区別がついておらぬだけだ」

「そんなことはありませぬ！　わたくしの鼻は、とってもとってもききまする。父上の匂いが、父上の匂いだとわかりますゆえ！」

「だから、それは匂いではなく、同族同種の気配だ」

「いいえ、父上の匂いです。わたくしには、わかります」

ここなら誰かに見られることもないだろう、と紫凰に先導され移動した池のそばの四阿《あずまや》で、そんな堂々巡りの奇妙な問答を繰り返すうち、白虎の子は疲れてしまったようだ。

紫凰の足もとにころんと転がり、仰向《あおむ》けになって大きなあくびをしたかと思うと、そのまま眠ってしまった。

うふっ、母上ぇ、と寝言をこぼしながら。

「……どうしましょう、この子」

「むろん、このままにはしておけぬが……」

記憶はなくしてしまっても、千隼に会えたことで満足しているのか、腹を丸出しにしたしどけない格好ですやすやと安らかな寝息を立てる白虎の子を見下ろし、紫凰は浅く息をつく。

「この子が皇族だということは、確かなのですか？」

「確かだ。この者の持つ気配は、紛れもなく我ら皇家のものだ」

はっきりとした声を響かせた紫凰は顎《あご》に手をやり、少し間を置いてから「それに」と続けた。

「やはり、母親はそなたである可能性が一番高いだろうな」

「え、しかし……」

「この白虎の子供は常蓮の池に入り、『母親に会う』という目的を遂げた。そうできたのは、この子供に天よりその力が与えられたか、あるいは神子族の力が宿っているかのどちらかだ」

「はい……」

「が、天がそんなごく私的な目的のために、時空を渡らせるとは考えにくい。ならば、この白虎の子は神子族の力を持っていると考えるしかない」

「でも……、これまでに何度かおこなわれた聖婚で、皇太子が神子族の力を持って生まれてきたことはありませんよね？」

ああ、と紫凰は頷く。

「だが、それはおそらく、今まで聖宮に選ばれたのが、神子族としての力はほとんどないに等しい者ばかりだったことに関係しているはず」

聖婚とはあくまで、獣人の皇家に神子族の――始祖の皇族の神性を授けるためにおこなわれるもので、神子族を神子族たらしめているその異能を与えるものではない。だから、この聖宮にはあえて神子族としての力の低い者ばかりが選ばれてきたのだろう、と紫凰は言った。

「けれど、こたびの聖婚では、そなたを通して、蘭空雅という過去に類を見なかった強い力を皇家は受け取ることになる。そなたは母親が人間だったゆえ、すぐにそれとわかる力は受け継げなかったようだが、聖宮に選ばれた以上、そなたも神子族。そして、皇家の者は皆、聖婚によって与えられた神性を受け継いでいる。それらのことを合わせて考えれば、そなたの子が常蓮の池を渡る力を持って生まれてきても、不思議ではない」

「それは確かに……」

千隼は、腹を出したまま いつの間にか口まで開けて髭をふよふよそよがせていた白虎の子の大胆な寝姿を眺めながら、小さく返す。

自分が母親だと俄に実感は持てないものの、納得はできる説だった。

「ですが、なぜ、今回の聖婚は過去のものと違うのでしょうか……」

「神託ゆえ、何らかの天の意図があるはずだが、さすがにそこまでは考えが及ばぬ」

苦笑して言った紫凰の足もとで、白虎の子がぼりぼりと腹を掻《か》く。

千隼は思わず笑みをこぼす。愛らしいその姿に、三人の皇太子候補の親王に似たところは少しもないように思えた。

紫凰は白虎の子に「父親かもしれない」と言っていたものの、あの言葉は小さな子供を悲しませないための慈悲の心から出たものかもしれない。千隼が最初、母親ではないことを咄嗟に否定できなかったように。

「……あの、過去に、白虎の皇族は何人かいらっしゃいましたよね？　その血が、皇太子候補の親王方にも潜在的に受け継がれていることはあり得ますか？」

黒獅子ではない唯一の皇帝・白虎帝の槐は、国の復興を見届けたのち、当時の神子族の長だった麒紫《きし》を伴侶とし、黒獅子の弟に譲位している。

槐の血は後世に継がれなかったけれど、ほかの白虎の皇子の血脈が皇帝、あるいは先帝に流れているかもしれない。そのために、皇太子に選んだ誰かとのあいだの子が白虎として生まれてきたのだろうか。そして、遥か昔の血が作用したために、この白虎の子は皇太子候補の親王たちに似ていないのだろうか。

そんなことを考えていた千隼に、紫凰が「ない」と返す。

「今まで、黒獅子以外の獣性を持つ皇子が子を持ったためしはないゆえな」

獣性が黒獅子ではない皇子は生涯独身だったり、妃を娶っても子が生まれなかったりで、その血脈を残した者はいないという。

「だから、兄上たちと叔父上に皇家の血脈を介して白虎の獣性が流れたとするには無理がある。それに、それぞれのお母上も白虎ではあられない。そちらの祖先まではわからぬが、普通、子供に顕《あらわ》れる獣性は、両親どちらかのもの。遠い祖先の血が原因で、突然、両親の獣性とは異なる子が生まれてくるとは考えにくい」

「では、この子が皇族で、俺が母親とすると……」

紡ぐ声が、かすかに上擦る。鼓動が大きく高鳴る。

「父親は白虎の獣性を持つ皇族、ということだ」

明確な断言口調で告げて、紫凰はさらに言った。

「つまり、私か、あるいはもうひとりの白虎の王か」

「……もうひとり、殿下以外にも白虎の獣性を持つ皇族がいらっしゃるのですか？」

おられる、と紫凰は頷く。

先々帝の末皇子の真梶王《まかじおう》。年は三十だという。

「山草の収集に凝っておられるゆえ、今は朔菜《さくな》に邸を構え、そちらでお暮らしだ」

朔菜は皇都から馬で三日ほどのところにある、領地のほとんどが樹海の下邦だ。

「聡明で大らかな方だ。お母上の身分が低かったために親王宣下は受けられておらぬが、皇太子の資質は十分に備えられている。これから、そなたは真梶王とどこかで出会い、皇太子に選ぶのやもしれぬ」

まるでそうであってほしいと願っているかのような言葉を聞くうちに、胸の中で膨らみかけた熱は冷えていった。

周りがどれほど口さがない噂をしようと、紫凰は火織子を愛していて、あの燃えるような目をした美姫以外の身体に触れたくないのだろうか。

「……皇太子が、候補の皇子以外から選ばれることがあるのですか？」

「先例はないし、この先、何がどうなって、この子供が生まれてくるのかも、我々にはわからぬ。だが、皇太子を選定中の今、候補者以外の獣性を持つ、そなたの子と思しき者が現れては騒動になるということだけは確かだ」

はい、と千隼は声を響かせて応じる。

冷えた胸が何だかひりついて仕方がなかったけれど、今はそんなわけのわからない痛みに気を取られている場合ではない。

本当に未来の自分が生んだ子ならば、この白虎の子は生まれながらの皇太子。

皇太子が消えた皇城は大騒動になっていることだろう。

この白虎の子が本来生きるべき時間は、ここではない。元の世へ戻さねばならない。

そのためには黒慧と皇帝に報告しなければならないが、現状では徒《いたずら》に混乱を招くだけだ。

この白虎の子が、千隼と千隼が皇太子に選んだ者との子である確かな証拠を示さねば、飄《ひょう》飄《ひょう》としている続琉はともかく、夕飛と来須はきっと荒れ狂うだろう。激情に駆られた来須が、何か危害を加えてくる可能性もある。

だから、黒慧と皇帝への報告は、父親についての手がかりを少しでも集めてからのほうがいい。そんなことを話し合った結果、白虎の子はしばらく紫凰の邸で匿《かくま》うのが一番いいだろう、という結論に至った。

紫凰の邸に仕える者は、家司《けいし》から下男に至るまで信頼の置ける者ばかりだという。だから、紫凰の邸の中では白虎の子を自由にさせることができる。しかし、千隼や紫凰の舎殿では数が多すぎてその全員を把握できないため、どこかの部屋の中に閉じこめておかねばならない。

「遊び盛りの子供にそれは酷だ。それに、そなたの子なら、密かに抜け出すは必定《ひつじょう》。そなたのように、探索に出た先で迷って大泣きをし、誰かに見つかってはすべてが水の泡だ」

大泣きをした記憶はないが、この際、些細《ささい》なことなので、千隼は「そうですね」と頷く。

「問題は、どうやってこの子供を後宮から出すか、だな」

呟いて、紫凰は眉根を寄せる。

現在、後宮にいる幼い皇子といえば、夕飛が妃とのあいだに儲けた五つになる男子のみ。その皇子以外の幼い皇族は皆、女宮だという。

白虎の子がもう少し大きく、半姿や人姿になれれば、殿上童《てんじょうわらわ》や小舎人童のふりをさせることができたし、もっと小さければ懐に隠して運び出せただろう。けれども、この白虎の子の状態では、そうした策を取るのは無理だ。

「箱か袋かに隠して運び出すしかないでしょうけど、殿下がご自身でそうするわけにはいきませんしね」

千隼には馬鹿馬鹿しいことに思えるが、貴人は品位を保つために大きなものや重いものを持ってはならないらしい。

紫凰が、白虎の子がすっぽり入る大きさのものを抱えて後宮内を歩いていれば、女官たちが飛んできて取り上げてしまうだろう。

「私が後宮で過ごすのは不参の許されぬ重要な儀式や行事があるときのみゆえ、自分の舎殿とは言え、一年ごとに除目で入れ替わる女官たちのことはよく知らぬ。後宮の外になら、安心して託せる者もいるのだが……」

しかし、その者の身分では、後宮の出入り口である宝仙門をくぐれないという。

「後宮の中で誰かの力を借りねばならぬが……」

そのとき、ふとある者の顔を思い浮かべた千隼に、紫凰が言った。

「千隼。そなたの女官長を貸してくれぬか？」

「私も、同じことを考えておりました」

そう応じると、「それは奇遇だ」と淡い笑みが返ってきた。

「そんな気はしていたが、乙切はそなたに私のことを話したか？」

「はい」

紫凰は「そうか」と頷き、足もとの白虎の子へ視線を落とす。

昔、黄金の木蘭の下で交わした誓いのこと。母親の女御のこと。火織子のこと。

何か、話してくれるのではないかと思った。

けれども、気持ちよさそうに眠る白虎の子の寝姿をしばらく黙って見つめていた紫凰がやがて口にしたのは、「すまぬが、乙切を呼んできてくれ」だった。

白虎の子が現れたいきさつや、黄金の木蘭の下での誓いは省いた自分たちの関係。そして、ふたりで煮詰めて至った結論を証明するものがないまま事が露見し、万が一、事態がこじれたりすれば、相応の処分も覚悟せねばならないこと。

それらを紫凰が簡潔に説明すると、乙切は迷うそぶりもなく「お任せください」と胸を叩いた。すぐに白虎の子を入れる箱と、それを運ぶ口の堅い下働きの者が手配された。

数刻後、ぶじに邸へ到着した報せを受け、ほっとしていたところへ、新たな文が届いた。白虎の子が千隼を恋しがって、何も食べないという。母上、母上、と泣くばかりで、父親についての手がかりを探すために話を聞くこともできない状態らしい。

苦労して出した後宮へ戻すわけにもいかないので、千隼は白虎の子に会いに行った。乙切に用意してもらった目立たない中級官吏の衣装を着、「供の者をつけたいところですが、悪鬼のごときお強さで筋骨隆々の賊を次々に斬り倒していた千隼様なら、おひとりでも大丈夫でしょうし、そのほうが身軽でございましょう」と送り出されて。

紫凰の邸へは、皇城の通用門を出て、賑《にぎ》やかな大通りをしばらくまっすぐ歩けばいいだけだったので、身の安全を心配する必要はなかった。

それでも、二度目までは、不在がばれないか、特に後宮内で官吏に扮装した姿を誰かに見咎《みとが》められないかひやひやしたものの、杞憂《きゆう》だった。

中級官吏は、皇城のどこで見かけても当たり前の存在だ。菫星殿がある黒庭は後宮といっても成人した皇子たちの住まう領域なので、女官もいるけれど男の官吏も多くいる。上官の用を言いつかった体《てい》で堂々としていれば、誰も気にもとめない。

そして、皇太子の選出と子を生すこと以外にすべきことのない千隼は、人前に姿を現す必要がそもそもなかった。皇子たちの使いが来て、宴などに誘われても、乙切が「千隼様はお出ましにはなられません」と伝えるだけですんだ。神子族とは多種族との深い交わりを好まないものなので、半分人間とは言え、千隼もそうだろうと思われているようで、人目を避けて舎殿に引きこもる理由を詮索《せんさく》されることもなかった。

三度目に皇城を抜け出したときには少しばかり愉快にすらなっていて、白虎の子の世話をしてくれる女房たちへの土産《みやげ》を持参する余裕もできた。

乙切からもらった砂糖菓子を持ち、昼前に紫凰の邸へ到着したその日、いつものように家司の雨邦《あまくに》に奥へ案内されていると、白虎の子が透廊を凄まじい勢いで走ってきた。

ぶんぶんと振り回されている尻尾の向こうに、「若宮《わかみや》様、お待ちを～！」と追いかけてくる世話係の女房の姿が見える。

「母上！　わたくしは今朝、とてもいいことを思い出しました！」

胸もとへ飛びこんできた白虎の子を受けとめ、千隼は「どんなことだ？」と笑んで問う。

「名前か？」

「いいえ！　わたくしは、焼きあわびが大好きだったのでございます！」

「……あわび」

「はい！　わたくしはご飯や野菜はあまり食べられませぬが、焼いたあわびならいくつでも食べられまする！」

誇らしげなその報告に、雨邦が「殿下のお膳のあわびも、すべて若宮様がお食べになられました」とつけ加えたところへ、女房がようやく追いついてさらに言った。

「それでも足らぬと仰るので、下女《げじょ》を市にやって、あるだけのあわびを買い占めさせてまいりました」

「今日の昼餉《ひるげ》は、あわび盛り盛りのお膳でございます。母上も一緒に食べましょう！」

ああ、と笑って、千隼は持ってきた砂糖菓子の入った木箱を女房に「皆さんは、こちらをどうぞ」と渡す。

受け取った女房は「まあ、ありがとうございます！」とぱっと顔を輝かせた。

「たくさんありますから、使いに行ってくれた方にもわけてやってください」

「かしこまりました。きっと、喜びますわ」

頷いた女房は「では、さっそく」と、厨《くりや》のあるほうへ向かった。

千隼は、雨邦に先導されて紫凰の居室へ向かう。

「殿下、千隼様がいらっしゃいました」

涼しげな月白色《げっぱく》の狩衣を纏い、文机《ふづくえ》で書を広げていた紫凰が顔を上げ、「ああ」と微笑む。

「暑かっただろう。雨邦、千隼に何か冷たいものを頼む」

御意、と応じて、雨邦が部屋を出る。

「好物はあわび、以外にわかったことはありますか？」

白虎の子がやって来た日から、紫凰は千隼の知っている紫凰に戻った。自身の過去や火織子については何も話してくれないが、千隼を「一の宮様」と呼んだり、敬語を使ったりすることはもうしなくなったし、よく笑ってくれるようになった。

紫凰は家司の雨邦には詳しい事情を話しているようで、使用人たちはその雨邦から、白虎の子は紫凰の子かもしれなく、記憶を失っていること、そして千隼は男だけれど半分神子族なので母親だという要点だけを聞いているようだ。そうしたことを、あまり詮索もせず受け入れ、千隼を仰々しく敬ったりしないこの邸の者たちは、獣人だったり、人間だったり、異国人だったりした。雨邦のように貴族の出の者もいれば、捕らえた紫凰に諭されて改心し、押しかけ下男となった元海賊もいる。

親王の住まいなので、もちろん豪奢で洗練された邸ではあるものの、そんな使用人たちの醸し出す雑多な雰囲気は、どことなく笹椋に似ていた。

とても居心地がよく、初めて訪れたその日に千隼はすっかり馴染んでしまった。

笹椋で夏の暑い日にそうしていたように、円座など敷かずに、ひんやりした板間にそのまま座って胡座をかき、足のあいだに白虎の子を置く。

するると、「残念ながら、ない」と答えた紫凰が、肩を震わせて笑い出した。

「雁鐘山で仙女のような姿で太刀を振り回しはじめたときも驚いたが、その格好、まるで荒くれ武者だな。とても、聖宮になる身とは思えぬ」

優美な笑顔が目に沁《し》みて、千隼は咄嗟にうつむき、白虎の子を撫《な》でる。

「……女官たちにどのような孔雀にしたてられても、俺は、心は常に笹椋警衛十隊の二番隊副帥ですから」

「それほど笹椋が恋しいか？」

「はい、とても……」

理由がわからないまま速くなり、耳の奥でうるさく響く鼓動の音をごまかすように早口で言って、千隼は気持ちよさそうに青い目を細める白虎の子を抱き上げる。

「そなた、あわび以外に頭に浮かんで来ることはないか？」

「ありませぬ！　わたくしの頭の中は、あわびばかりにございます！」

「そうか。だが、それでは少し困るのだ。俺のために、あわび以外のことを何か思い出してくれぬか？」

「わかりました！　母上のために、頑張ってみまする！」

白虎の子は尻尾をぴんと立てて宣言し、目をぎゅっと瞑《つむ》った。

懸命に頭の中を探っているらしく、しばらく「う～」と唸っていたが、ほどなく尻尾が力なく空に垂れた。

そして、青い目のふちがじわじわと潤んでいった。

「駄目です……。どんなに頑張っても、あわびしか出てきませぬ……」

白虎の子は涙をぽろぽろとこぼし、悲愴《ひそう》な顔で叫んだ。

「やはり、わたくしの頭の中には、あわびしか入っておりませんでした！」

「あ、ああ。わかった。あわびは、とてもよい海の幸だ。頭の中が幸でいっぱいのそなたは、幸せの白虎だ。だから、泣かなくてもよい」

慰めになっているのか、いないのか、自分でもよくわからないことを慌てて言った千隼に、白虎の子はぶんぶんと頭を振った。

「いいえ、わたくしは駄目な白虎でございます。あわびのことしか覚えていない上に、母上や父上と同じ姿になることもできませぬ！　もさもさしているだけのこの姿が、恥ずかしゅうございます……」

耳も髭も尾もしょんぼりと垂らして、白虎の子はさめざめと泣く。

「そんなことはない。そんなことはないぞ！」

思い出すことを急《せ》かしたせいで、白虎の子を傷つけてしまった。

狼狽えるあまり、自分の犯した大きな失態を償うための言葉が出てこない。

「すまぬ、そんなに泣くな。目が溶けてしまうぞ」

ふぇっ、ふぇっとしゃくり上げる白虎の子を撫でようとしたが、ふいにその姿が腕の中から上空へと離れていった。

見ると、立ち上がった紫凰が白虎の子の首根っこを掴んでいた。

「そなた、その姿が恥ずかしいのか？」

「……だって、わたくしのように、ずっと毛の塊《かたまり》の姿でいる者などおりませぬゆえ」

白虎の子がだらんと身体を垂らして呟いたとき、雨邦が氷入りの茶を運んできた。

「ちょうどよい、雨邦。今、手が空いている者を皆、集めよ」

「皆、でございますか？」

「そうだ」

千隼の前に茶を置いた雨邦は一瞬、不思議な顔をしたものの、すぐに「御意」と踵を返す。

白虎の子を持った紫凰もそのまま部屋を後にして、前の簀子へ出る。そして、白虎の子を下ろすなり、獣姿に変じた。

紫凰がいきなり晒した本性を、白虎の子は目を丸くして見上げる。同じ白虎でも、自分とは到底比べものにならない大きさに驚いたのか、涙が引っこんだ様子だ。

「……父上は、白虎のお姿になるととても大きいのですね！」

白虎の子が興奮気味の声を高く響かせたところへ、男女の僕従《じゅうぼく》たちが方々から現れた。それからわずかのあいだに、紫凰と白虎の子が並ぶ簀子の前の庭には黒山の人だかりができた。

女房たちも夏の強い日射しを避け、はす向かいの廂に集まっている。

「おやおや。宮様の獣姿は相変わらず、立派だねえ。思わず拝みたくなるよ」

庭先で下男姿の狸《たぬき》の耳の翁《おきな》が言うと、隣に立っていた人間の若者が「俺は、殿下のあの丸太みたいなぶっとい前肢の一撃で、船から海へ吹っ飛ばされたことがあるんだぜ。いやあ、あのときは死ぬかと思ったぜ」と陽気に笑う。

「あんた、一体、何度同じ話をすりゃ、気がすむんだい？」

「大体、自分がお尋ね者の海賊だったたって話を、よくもまあ、そんなに自慢げに口にできるもんだねえ」

「殿下に海へ吹っ飛ばされて、頭の中の大事な脳《なずき》を海に落っことしてきたんじゃないのか？」

庭の下男、下女たちが、「違いない」とどっと笑う。

「殿下。皆、集まりましてございます」

戻ってきた雨邦が、紫凰の脇に控えて告げる。

紫凰は頷いて、一歩前へ出る。降りそそぐ陽の光を浴び、美しい縞模様を浮かべる真っ白の被毛が眩しい煌めきを強く放つ。

「そなたたち、私のこの姿はどう見えるか申してみよ」

「そりゃ、決まってる！　この上なく立派だぜ、殿下！」

元海賊の若者が真っ先に叫ぶと、皆が口々に紫凰を褒め称えはじめる。

「巌《いわお》のごとき逞しさに、感服いたしまする」

「私は、白く輝くそのお姿の神々しさに、まこと惚《ほ》れ惚《ぼ》れいたしまする」

「白虎帝もかくやの、ありがたいばかりの輝かしさにございます！」

主人の獣姿を盛んに囃《はや》す下男や下女は、役者が立つ舞台に喝采を送る客のようだった。

時々、荒っぽい言葉も混じるが、紫凰への敬意がはっきりと感じられる声に、千隼は何だか楽しくなる。

称賛の嵐の中で、白虎の子も気分がよくなったようだ。誰かが何かを言うたびにぴょんぴょん跳ねる白虎の子を、紫凰が「若宮よ」と呼ぶ。

「はい、父上！」

高く跳ねながら、白虎の子が元気な返事をする。

「そなたの姿は私と同じ。それでも、恥ずかしいか？」

問われた白虎の子は紫凰の周りをぐるぐる回り、その姿と自分とを見比べる。そして、はち切れそうな笑顔で言った。

「いいえ、父上！」

「ならば、よい。もう、めそめそ泣いて、母上を困らせるでないぞ」

——母上。

自分をそう呼んだ紫凰の言葉が、耳の奥で甘やかに響く。

単に白虎の子の口癖が移っただけで、それ以上の意味はない。そうわかっていても、白虎の子だけでなく、自分へも向けてくれた思いやりが嬉しくて、胸がじんわり熱くなる。

「はい、父上！」

「若宮よ。私がそなたの父かどうかは、まだわからぬ。そう申したであろう。忘れたのか？」

「忘れてはおりませせぬ、父上！」

紫凰はため息をつきつつも、再度の訂正はしなかった。不本意ながらも「父上」と呼ばれることを甘受したらしい。

「母上！　わたくしも、父上のように白く輝いておりますか？」

紫凰の優しさも、白虎の子の素直さも微笑ましく、「ああ、ぴかぴかだ」と千隼が笑んだとき、紫凰がふと雨邦に尋ねた。

「雨邦。壱花《いちか》の隣におる娘は初めて見る顔だが、いつからこの邸におるのだ？」

「殿下が群行の護衛のお勤めに出ておられるあいだに、新しく下働きとして雇いました。以前は主馬首《しゅめのかみ》様のお屋敷で働いていた者で、名は小鞠《こまり》と申します」

「ああ。主馬首の邸は盗賊に押し入られたのであったな」

「はい。家財のほとんどを奪われたそうで、それで暇を出されたと」

「そうか。ならば、我が邸では大事に使うてやれ」

そのやわらかな言葉に雨邦が双眸を細め、「御意」と頷いた。

本当に優しい皇子だと思った胸の中で、心臓が大きく脈を打った。

翌日は夕刻近くに紫凰の邸を訪れた。出迎えてくれた雨邦によると、紫凰は昨日からずっと獣姿のままで白虎の子の相手をしているらしい。今も、一緒に庭へ出ているそうだ。

千隼は散策がてら、ひとりで紫凰と白虎の子を探すことにした。

よく手入れされた趣味のよい緑の中で、蜩《ひぐらし》の鳴き声が響いている。夏を閉じこめたような庭をしばらく歩いていると、「母上！」と呼ばれた。

夏椿《なつつばき》の木のそばで、白虎の子が紫凰に跨《また》がって尻尾を振っていた。

ふたりのもとへ、千隼は駆ける。

「父上、わたくしの当たりでございます！」

小さな尻尾をさらに大きく振る白虎の子に、紫凰が「そうだな」と返す。

「何が当たったんだ？」

紫凰の背から自分を嬉しげに見上げてくる白虎の子の頭を撫で、千隼は問う。

「匂いです。わたくしは、母上の匂いがするので、母上がいらっしゃったと申したのです。でも、父上はおわかりにならず、べつの匂いだろうと仰ったのです」

「そうか。そなたの鼻は、よくきくのだな」

千隼は微笑む。すると、紫凰が「私の鼻は、べつに悪いわけではないぞ」と千隼を一瞥《いちべつ》して言った。

「母と子の絆ゆえの、特別に鋭い嗅覚がこの者には備わっているようだ。何しろ、常蓮の池に飛びこんだ際、そなたの匂いを探して、そなたを見つけたというからな」

「そうなのです！　母上に会いたいと念じながら、母上の匂いを探したのです」

すぐに見つけられました、と白虎の子は得意げに告げる。

「それは、すごいな」

自分の匂いを手がかりに時空を渡ってきた白虎の子は、やはり本当に自分の子――。

確信が深くなる胸の中で、白虎の子を愛《いと》おしく思う気持ちも強くなってゆくのを感じていたときだった。

白虎の子がふと伸び上がり、鼻をひくひくと蠢《うごめ》かしたかと思うと、「ああ！」と叫んだ。

「あわびを焼いている匂いがいたしまする。今日の夕餉も、あわびのようでございます！」

千隼も空気を嗅いでみたけれど、夏の緑の匂いしか感じられなかった。

「殿下はわかりますか、あわびの匂い」

「ああ。厨はここから近いゆえ、これはわかる」

頷いた紫凰の背で、白虎の子は興奮気味に腰をぽんぽんと跳ね上げている。

当然のことながら、紫凰には手綱や鞍《くら》などついていない。あまりはしゃぐと落ちてしまうのではないかと心配し、注意しようとしたときだった。

跳ねていた小さな腰が、紫凰の背からするんと横へすべる。

「――あっ」

千隼は声を漏らし、咄嗟に受けとめようとした。だが、それより先に、太くて長い尾が白虎の子の身体に巻きつき、もとの位置へ引き戻す。

「どうも落ち着きがないの、そなたは。そこでは、じっとしておれと申したであろう」

「はい、父上」

「落ちたら、危ない。気をつけるんだぞ」

「はい、母上」

素直にそう返事をしながらも、白虎の子は「うふっ、あわび！　うふっ」とまた跳ねながら尻尾をくるんくるんと揺らしている。

こちらの心配をよそに、あまり懲りたふうもない様子に、千隼は微苦笑を漏らす。

「そう言えば、若宮よ」

「はい、父上」

「そなた、昨日、壱花にちゃんと礼を申したか？」

「お礼？　なぜですか？」

「壱花は厨での仕事を多く抱えておる。その手をとめて、そなたのために、遠い市まであわびを買いに行ったのだぞ」

「でも、わたくしは若宮様でございます」

名前のわからない白虎の子は、この邸の中では「若宮様」と呼ばれている。

もっとも、白虎の子は、その呼び名に「幼い皇子」という意味が込められていることは知らないようだった。けれども、それが自分につけられた愛称だということと、自分が「父上」である紫凰の次に敬われる存在だということは、ちゃんと理解しているらしかった。

だからだろう。白虎の子は、下女に礼を言ったかと確認されたことがとても不思議らしく、大きな青い目をぱちぱちとしばたたかせた。

「心得違いをしてはならぬぞ、若宮。そなたが何の不自由もなく暮らせるのは、使用人たちのおかげだ。あの者たちがいなければ、そなたは自分で市へあわびを買いに行き、自分で竈《かまど》の火をおこし、あわびを焼かねばならぬのだぞ。それが、そなたにできるか？」

「……できませぬ」

「ならば、そなたの代わりにそうしてくれる者たちに、きちんと感謝をせねばならぬ。わかるな？」

「はい、父上！　わたくしは、ちゃんとあわびのお礼を言いまする！」

すぐさまそう返事をした白虎の子を、千隼は「偉いぞ」と撫でる。我が子の、そのまっすぐな心根を誇らしく感じながら。

そして、同時に思った。

白虎の子を危険から守り、過ちを諭す紫凰は、まるで父親のようだ、と。

自分が白虎の子の母親なら、父親は紫凰か、真梶王のどちらか。そのことを、紫凰はどう思っているのだろうか。

もし、紫凰が父親だった場合、紫凰は火織子をどうするつもりなのだろう。

確かめたいことは、ほかにもある。

――十三年前の別れの言葉。あれは、紫凰の本心だったのだろうか。これほどにも、弱い立場の者への慈悲の心を持っている紫凰が、理由もなくあんな酷《ひど》い言葉を使うとはどうしても考えられない。

これは、単なる初恋の残骸の始末のつけ方の問題ではない。白虎の子の父親が誰かということは、この国の未来に関わることだ。どうせ、早いうちにはっきりさせねばならないことなら、今、訊きたい。訊いてしまいたい。

けれども、答えを求めることで、白虎の子の「父上」と「母上」でいられる、この心地よい関係が壊れそうな気がして、それが怖くて、勇気が出なかった。

どうして、こんなに迷ってしまうのか。

ひとつしかないその理由に、もう気づかざるを得ないことに戸惑いながら、白虎の子を乗せた紫凰と庭を歩いていると、「殿下！」と雨邦が急ぎ足で近づいてきた。

雨邦は紫凰の横に跪き、何かを囁いた。

ずいぶん小声だった。だが「火織子様が」という言葉は、はっきりと千隼の耳にも届いた。

もしかして、火織子が訪ねてきたのだろうか。

緊張で心臓が大きく跳ねた胸を押さえた千隼の前で、紫凰が突然、その姿を人へと変じた。

「あぁ～、落ちまするぅ」

立ち上がった自分の背をすべり落ちかけた白虎の子を、紫凰は背後へ回した手で器用に受けとめる。

「出かける用ができたゆえ、母上に遊んでもらえ」

どうやら、火織子が邸に現れたわけではないようだ。ほっとしたのに、千隼の胸は少しも落ち着かない。

「はい、父上。わたくしは、母上に遊んでいただきまする！」

元気よく返事をした白虎の子を、紫凰は千隼「頼む」と差し出してきた。

母上、と笑顔で前肢をばたつかせる白虎の子の向こうには、無駄な肉など一片もついていない、鋭く引き締まった逞しさを晒す長躯がある。

鋼《はがね》のように鍛え抜かれた武人の身体など、笹椋では隊員用の湯殿で毎日のように目にしてきた。珍しいものではないはずなのに、眼前の紫凰の姿に、千隼の心臓はまるで動顛《どうてん》したかのような乱れた脈を打った。

「帰りは遅くなるやもしれぬ。時間が来たら、私を待たずに皇城へ戻れ」

「……はい、殿下」

どこへ行くのか気になった。

だが、訊けないまま、千隼は小さく頷き、白虎の子を受け取る。

「雨邦。衣の準備を頼む」

「は。直ちに」

雨邦が駆けていったあとを、紫凰が悠然と歩いて邸へ向かう。

「母上。あわびが焼けるまで、何をして遊びましょう？」

千隼の頬に白虎の子がやわらかい足裏をぴたぴたと押し当て、無邪気に問うてくる。

「そうだな。何をしようか……」

言いながら、千隼は白虎の子をぎゅっと抱きしめる。

紫凰の外出の用は何だろう。

火織子に会いに行ったのだろうか。会って、何をするのだろうか。

白虎の子の父親は、紫凰か真梶王のどちらか。この先、千隼が紫凰を皇太子に選んだとしても、紫凰が千隼を正妻にする必要はない。聖婚によって聖宮となった者が正妻になるほうがむしろ稀だとは言え、夫婦となる可能性はあるのだから、何か説明があってもいいはずだ。

なのに、何も告げてくれないのは、紫凰は火織子を愛していて、皇太子となることを――火織子以外の者の身体を抱くことを厭うているからなのだろうか。

紫凰の心の中は、千隼にはわからない。わからないことを想像したところで意味はないのに、答えを探すことをやめられない頭の中が、じくじくと鈍く脈を打つ。

もう駄目だ、と千隼は思った。

——自分はまた、紫凰に恋をしている。

だから、紫凰のことを考えると胸が痛くなる。紫凰を見ると心臓が飛び跳ねる。

認めたとたん、その恋心が膨れ上がった。大きくうねって、今にも胸から溢れ出そうなそれを咄嗟に抑えこもうとして、千隼は白虎の子を抱く腕に力をこめた。

「母上？　いかがいたしましたか？」

白虎の子の青く透き通った目が、千隼をじっと見つめてくる。

「……いや」

見つめ合うと、不思議と心が凪いでいった。まるで、ひたすら純粋に自分を慕ってくれるその眼差しが、乱れた気持ちを吸いこんでくれるかのように。

この腕の中にいる我が子が愛おしくて仕方なくなり、どうしてもその名を呼びたくなって、ふとある考えが脳裏を過ぎった。

「そなたの名を考えよう」

「わたくしの名前を？　『若宮様』では駄目なのですか？」

「駄目ではない。だけど、皇族の幼い男子は皆『若宮様』だからな。そなただけの名前を考えよう」

いつの時代にもたくさんいる幼い皇族男子と区別ができない「若宮」より、自分の子である証の名前をつけたい。

それに、考えた名前が本来のそれと同じである偶然はそうそう起きないだろうから、異なる名で呼ばれる違和感が、記憶を呼び起こすきっかけになるかもしれない。

「どうだ？」

笑んで問いかけた千隼の眼前で、白虎の子の顔が嬉しげに輝く。

「──素敵でございます！」

千隼の腕の中で、白虎の子は大きく尻尾を振った。

「どんな名前を考えてくださるのですか？」

青い目をわくわくと輝かせる白虎の子をしばらく凝視して、思いつく。

「白蓮《びゃくれん》にしよう」

「白蓮？」

「そうだ。そなたは頭に白い蓮を載せて、俺に会いに来たからな」

「とっても素敵な名前でございます！」

白虎の子は満面の笑みを浮かべると、両方の前肢を勢いよく跳ね上げ、「わたくしは白蓮！」

と叫んだ。

白蓮が常蓮の池から現れて五日目となる翌日、菫星殿で朝餉をすませたあと、千隼は官吏の衣装に着替え、乙切に見送られて皇城を抜け出した。

昨日、紫凰は千隼が邸を辞す前に戻ってこなかった。面と向かってどこへ行ったのか訊く勇気はなくても、朝帰りをしたのかどうかだけでも確かめたくて、すっかり通い慣れた大通りを急いだ。

紫凰の邸に着くと、なぜか妙に騒々しかった。

大勢の者の気配はしているのに、応対に出てくる者は誰もいない。不審に思いながら勝手に奥へ進むと、ふたりの女房が焦ったふうに立ったりしゃがんだりしながら、柱や几帳《きちょう》の陰をのぞきこんでいた。

「何か、あったんですか？」

声を掛けると、女房たちはおろおろと、少し前から白蓮の姿が見えなくなってしまったことを告げた。

「白蓮様は、今日は朝から我ら使用人のひとりひとりに会いに来られ、千隼様にいただいたお名前を告げておられたのですが、その最中にいつの間にか……」

「――外へ出てしまったということは」

血の気が引く思いで尋ねた千隼に、女房は「いいえ」と首を振った。

「白蓮様のお姿を門番は見ておりません。白蓮様のお小ささでは、塀を越えて出て行かれたということは考えられませんし、邸の中におられるのは確かかと」

「お疲れになって、どこかで眠っておられるやもしれません。先ほどから、皆で探しておるのですが……」

千隼もすぐに捜索に加わった。

邸の中を女房たちと一回りしたが見つからず、庭へ出た。

「白蓮！　出ておいで、白蓮！」

白蓮はまだ幼い子供だ。新しくついた名前を皆に告げるため、邸の中を回っているうちに当初の目的を忘れ、冒険に興じている可能性もある。

樹々のあいだや草の中を探し、大きな蔵のある西門の近くまで来たとき、「千隼」と呼ばれた。

堂々とした白虎の姿の紫凰が厩《うまや》の前に立っていた。眩しい白い輝きを纏う圧倒的な存在感に鼓動を撥ね上げた眼前で、長い尾が一振りされた。こちらへ来い、ということなのだろう。

駆け寄った千隼に、紫凰が「あそこだ」と厩へ視線を向けた。

「……え？」

最初は気づかなかった。だが、よくよく目を凝らすと、厩の飼葉桶《かいばおけ》から縞入りのむっちりとした白い後ろ肢が二本、突き出ているのが見えた。

「白蓮！」

一瞬、うっかり桶の中にはまって、気絶でもしているのかと焦った。だが、白蓮は千隼の声に反応するようにもぞもぞと動いたかと思うと、ゆっくり上下する腹をぽりぽり掻いた。

どうやら、飼葉桶の中で眠っているようだ。そのそばで一頭の馬が、迷惑と困惑が半分ずつといった表情で佇《たたず》んでいた。

「見つかったことを皆に報せてくるゆえ、そなたはあの者を頼む」

「はい」

胸をほっと撫で下ろして厩へ走ろうとした千隼を、紫凰がふいに呼びとめる。

「よい名をつけてやったな」

凛々《りり》しい白虎の顔の中で、青い目がやわらかに細くなる。

「昨夜は、そなたと入れ違いに戻ったが、白蓮は自分だけの名前がついたことに興奮して、なかなか寝つかず、大変だった」

「……だから、今、あんな所で寝てるんですね」

紫凰は朝帰りをしなかったようだ。そのことに安堵したとたん、上気してしまった顔を、うつむいて隠す。

「かもしれぬ」

淡く笑んだ紫凰が、母屋へ向かう。千隼は厩へ行き、白蓮を抱き上げる。

ふあぁ、と大きなあくびをした白蓮が、千隼の腕の中でぱちりと目を開けた。

「あ、母上！」

伸び上がってきた白蓮が、藁《わら》つきの頭を嬉しげにすり寄せてくる。

「心配したんだぞ、白蓮」

千隼は苦笑を漏らし、白蓮の身体についた藁を払ってやる。

「心配？　どうしてですか？」

白蓮の小さな顔が、ちょこんと傾く。

「そなたがどこに行ったかわからなくなって、皆で探していたんだ」

「わたくしは、皆に名前を教えてきます、とちゃんと父上に申しましたよ？」

「そうか。だけど、そなたは小さい。こんな所で眠っていたら、誰もそなたを見つけられない。

皆、そなたがどこかへ行ってしまったと思って、とても心配する。今度から部屋を離れるとき
は、誰かと一緒に行くんだ。いいな」

「はい、母上！」

白蓮は背筋をぴんと伸ばして、頷く。

「それにしても、どうして、飼葉桶なんかに入っていたんだ？」

「わたくしは、この方に『わたくしは白蓮。あなたのお名前は何ですか？』と尋ねました。でも、この方がなかなか返事をしてくださらないので、待っていたら、眠くなったのです。そうしたら、ここにふかふかの藁が敷いてあるとても気持ちのよさそうな、わたくしにぴったりの寝床があったので、入ったのでございます」

白蓮は、この厩の中に自分と千隼以外にも誰かがいるような口ぶりで語る。

しかし、ここには馬が一頭、いるだけだ。

「……この方って、この馬か？」

「はい」

どうやら、白蓮はただの動物である馬を獣人だと思っているらしい。

「白蓮。馬は、馬だ。獣人じゃないから、喋らないし、人の姿にもならない」

「どうしてでございますか？」

白蓮が目を丸くして、ひどくびっくりしたような声を上げる。

千隼にも覚えのある驚きだ。

獣人の獣性は実に色々だけれど、上代《かみよ》にこの地に降り立った神子族はすべての生き物を獣人としたわけではない。あるていどの年齢になれば、日常の生活の場で半姿か人の姿をしていなければ動物なのだと区別できるようになるし、動物はなぜ動物なのかと考えても決してその問いは解けないのだと納得する。

しかし、そうなる前の子供のうちは混乱の連続だ。

千隼も子供の頃、蜥蜴は獣人なのに蛇は蛇なのはなぜなのか、とても不思議だった。

「ずっと昔の、まだ神子族が天界で暮らしていた頃、天馬たちが反乱を起こしたんだ」

おそらくはただの物語だろうけれど、子供の頃に父親から聞いた馬が馬の理由を、千隼は白蓮に話して聞かせた。

「獣人のように話ができた天馬たちはとても賢かったから、自分たちの厩が、天の神々が住んでいる宮殿と違って、少しも立派でないことが不満になったんだ。それで、厩を宮殿のようなきらきらした建物にしなければ、もう神々を乗せて走らないと大騒ぎをした。その騒ぎを収めるのにすごく困ったことを覚えていたから、地に下った神子族は動物と獣人を分けるときに、馬は馬のままにしておくことにしたんだ」

白蓮に語りかけながら、母屋へ戻っていると、こちらへ走ってくる雨邦の姿が見えた。

「千隼様、菫星殿からご使者の方がお見えです」

至急、お目通しを、と文を渡された。

乙切からで、皇帝主催の船遊びへの誘いがあったことが記されていた。

黒庭の池に船を浮かべ、昼の宴を催《もよお》すらしい。どうやら特別な趣向があるらしく、「ぜひに」と今回はいつになく強く求められ、皇帝からの誘いを乙切は断りきれずにいるようだ。

千隼は白蓮に「また来る」と頰ずりをして雨邦に託し、自分を待つ使者のもとへ向かう。

白蓮を後宮から運び出す際に手を貸してくれた菫星殿の下働きの者が、門のそばで下女に水をもらっていた。確か小鞠という名だったその下女に礼を言い、下働きの者と皇城へ急いだ。

紫凰の邸から皇城までは、そう遠くない。千隼の不在を乙切がどうにかごまかしてくれているあいだに、菫星殿へ戻ることができた。

特別な趣向とは、異国の、涼やかに澄んだ不思議な音色を奏でる楽器の披露だった。

その楽器は、昨日、弾正尹として港を巡察に訪れた夕飛が、商人を装って皇都の内情を探っていた異国の間諜《かんちょう》を捕らえて没収したものとのことだが、乙切の聞いた話によると、実際は夕飛の麾下《きか》の者の功績らしい。

拿獲《だかく》された異国の品々は皇帝から皇后へ贈られ、皇后はそれらを夕飛の手柄として披露する宴を開き、そこへ千隼を招いてもてなすことを思いついたそうだ。どうやら、半分人間の千隼には、皇太子選びに影響を与える機嫌取りができるかもしれないと考えたらしい。今回の誘いがやけに強引だったのは、そんな理由からだったのだろう。

皇后が我が子可愛さのために計画した宴は、表向きは皇帝の主催だったけれど、菫星殿を出ようとした千隼のもとへ、皇帝は急な腹痛のために、皇后は皇帝の看病のために欠席するという報せが届いた。これも画策のひとつなのか、宴は急遽、夕飛の主催に変更されて催された。

千隼のほかには有力貴族と、不公平があってはならないという一応の配慮なのか、来須と続琉も招待されていた。

よく冷やされた酒を飲みながら、船の上で聞く異国の音楽はなかなか風趣に富んでいたけれど、宴は少しも楽しくなかった。

船が風に煽られて揺れた拍子に、女官の持っていた提からこぼれた酒で衣を汚された夕飛が激怒し、さらに来須が、

『皇太子候補筆頭の兄上に酒を浴びせかけるなど、許しがたき無礼。この女の衣を剥ぎ、丸裸にして皇城から追い出しましょうぞ、兄上！』

と、けしかける騒ぎがあったためだ。

酒のせいか、過剰に興奮する夕飛と来須に続琉は加勢しなかったものの、泣いて許しを乞う女官を庇うこともなく、黙って池を眺めていた。

黙っているのは、ほかの女官や貴族たちも同じだった。皆、ふたりの皇子の不興を買うことを恐れ、見て見ぬふりだ。

黒慧から、宮中では何を見聞きしても関わらないようにと言われていたが、とても放ってはおけなかった。

悪気があったわけでもない些細な失敗を、どうしてここまで酷く責めることができるのか。涙を流して助けを求める者を目の前にして、なぜそんなにも平然と素知らぬ顔ができるのか。

そう糾弾《きゅうだん》してやりたい気持ちを堪え、千隼は誰の角も立たないようにその場を取りなし、怯えきっている女官を自分の舎殿に引き取ることにした。

「昼の宴、楽は珍《めずら》かで面白きものでございましたのに、後味が悪うございましたねぇ」

その夜、湯殿から上がった千隼に夜着を着せ、乙切が苦笑いをした。

「ええ……。ところで、あの女官はどうしていますか？」

「今はもう落ち着いております。千隼様にお礼を申しておりました」

そうですか、と頷き、千隼は畳の上に座って脇息《きょうそく》にもたれる。乙切の持ってきてくれた冷たい水を飲んで、細く息をつく。

昼間の夕飛たちの、とても人の上に立とうとしている者とは思えない言動に、千隼は確信を深めた。

あの三人の親王たちは、天から皇太子にふさわしくないと判断されたのだと。

やはり、白蓮は紫凰か真梶王を父親として、自分が生んだ子なのだと。

けれども、同時にまた、思いもした。

ならば、天はなぜ、聖婚の神託を下した際に、皇太子を定めることをしなかったのだろう。

どうして未だに、何の意思も示してくれないのだろう。

「……天のなされることはわかりません。私に白蓮を生ませるなら、皇太子候補がなぜあの三人の親王なのでしょうか」

「本当に不思議でございますね」

乙切がしみじみと返す。

「でも、何はともあれ、あのお三方が皇太子になられることはないとわかり、ほっといたしましたわ。お三人共、数多い親王様たちの中では群を抜いて強力な後ろ盾をお持ちですけれど、もし異国と戦になったとき、物を言うのは後ろ盾よりも日頃の人望ですもの」

人望のない皇太子に兵はついてきませんわ、と乙切は苦笑する。

「ところで、白蓮様のお父上について、何かおわかりになったことはございますか？」

千隼は小さく首を振る。

「そろそろ、何か見つけたいのですが……」

この五日間は上手くいったとはいえ、毎日皇城を抜け出していては、いつかは勝手な不在が露見してしまうかもしれない。

あまり悠長に構えている余裕はないものの、思い出すことを無理強いして白蓮を傷つけることはしたくない。

紫凰は今のところ、邸を訪れた千隼に、白蓮から聞き出せたことがあったかなかったかを報告するのみだが、何かこの先の策を考えているのだろうか。

「私は紫凰殿下贔屓ですから、殿下がお父上であればいいと願っていますが、真梶王もとてもご立派な方ですので、どちらが帝位にお就きになっても、皇国はきっと安泰ですわ」

「真梶王とお会いしたことがあるのですか？」

「いえ。遠くから何度かお姿をお見かけした程度です。紫凰殿下に負けず劣らずの美男でいらして、英明で温厚な方ですのよ。草花がとてもお好きで、春は桜、夏は橘《たちばな》、秋は紅葉を追いかけてあちこちを旅される、少し変わったところもおありですけど」

「……冬は何を追いかけられるのですか？」

「冬は何も」

お寒いのは苦手のようです、と乙切は笑んで言う。

「橘が美しく咲く村に逗留《とうりゅう》されていた折、村人が暴れ川を鎮めるために人柱を立てようした際、それをおとめになられ、その村にしばらく留まられて治水の指導をされたとか」

しかも、私財を使って。

「確かに、立派な方ですね」

「ええ。ですので、どちらの殿下を皇太子に選ばれても、もうおひとりもぜひお引き立てくださいね」

紫凰と真梶王とを平等に推してくる乙切に、千隼は淡く苦笑する。

「そうしたいのは山々ですが、私には朝廷のことに口を挟む権限はありませんので」

そうでした、と乙切も苦笑する。

「とにかく、早くご神託があればいいですわね。そのときの、あのお三人の殿下方のお顔が見物ですわね」

少女のようにいたずらっぽく笑い、乙切は千隼に寝台へ入るように促す。

燭台の灯りが消され、「では、お休みなさいませ」と乙切が部屋を辞す。

闇に包まれた部屋の中で、千隼はぼんやり思った。

真梶王は、あの三人の親王とは比べものにならない優れた人物のようだ。春から秋までは季節の風流を追って旅をし、冬は邸に籠もってしまうらしいところも好きになれそうだ。

紫凰が言っていたように、皇太子の資質は十分だろう。

――だが。

自分の意思で選ぶことが許されるなら、紫凰を皇太子にしたい、と千隼は思った。

勇敢で、部下を助けるために獣姿を晒すことを厭わず、弱い者を進んで庇護する慈悲の心を持ち、下位の者にも礼節を尽くす。

そんな紫凰を皇太子に選びたい。

真梶王がどれだけの傑物《けつぶつ》であっても、きっと紫凰ほど尊敬はできない。

選ぶなら、紫凰がいい。

子を生すなら、紫凰とがいい。

紫凰でなければ、嫌だ。どうしても。

「……っ」

そう思った瞬間、千隼ははっとして身を起こした。

千隼が、神託はどのようなものなのか、どうやって受け取ればいいのかと尋ねたとき、黒慧は言った。

『とにかく、そのときが来れば、そなたにも自ずとわかる。皇太子はこの方でなければならぬ、とな』

――神託は必ずしも声として聞こえるものではないけれど、時が来れば自ずと「この方でなければならぬ」とわかる。

ならば、紫凰でなければ駄目だと思うこの気持ちが、神託ではないだろうか。

もしそうなら、今まで、白蓮が自分と自分が皇太子に選んだ者との子供である確かな証を一所懸命探そうとしていたけれど、白蓮の存在そのものが証拠となる。

つまり、白蓮が常蓮の池を渡ってきたことこそが、明らかな天意だ。

血潮がふつふつと沸く中で、すとんと腑に落ちることがあった。

あんなにも愛おしいと思う白蓮の前から、自分が姿を消した理由だ。

それはおそらく死別ではなく、笹椋への帰還だ。

火織子は奇行ゆえに悪い噂を立てられているだけで、実際は愛情が深く激しい姫で、紫凰はそんな火織子を正妃としたのだろう。聖太母と皇太子妃とが同時に存在しては、自分にその意図がなくても、後宮は二派に別れて対立する。だから、自分は、火織子に白蓮を託して笹椋へ戻ったのだろう。決して正妃になれない自分がさっさと身を引くことが白蓮のためになると知りつつも、白蓮への愛おしさと、紫凰への恋心で数年迷った末に。

ただひとりの伴侶として結ばれることはできなくても、白蓮を——紫凰の子を生むことはできる。砕け散ったと諦めるしかなかったたった一度の恋が、まがりなりにも成就するのだ。多くを望むのは、強欲が過ぎる。

自分の恋心を伝える必要はないけれど、紫凰が皇太子だという神託は早く話さねばならない。居ても立ってもいられない気分だったが、さすがにこんな時間に皇城を飛び出るわけにはいかない。千隼は逸る気持ちを抑えて、夜が明けるのを待った。


夜明けがこんなに待ち遠しかったことはない。

一睡もせずに朝を迎え、食事もそこそこに皇城を抜け出す準備をしていたとき、皇后が菫星殿を訪ねてきた。

使者ではなく、皇后本人の訪問だ。純粋な神子族なら自身の気持ちに忠実に行動しただろうが、千隼にはそうすることは難しい。仕方なく、千隼は着替えて皇后と会った。

皇后の用は、昨日の宴での夕飛の暴挙を取りなすことだった。

「昨日は、千隼様を前にして舞い上がり、酒が過ぎたようですわ。普段は、冷静沈着で賢明な皇子ですのよ。何と言っても、第一皇子としての自覚がしっかりありますから」

第一皇子としての自覚が賢明さなどではなく、傲慢さとして現れていることを、本当は十分わかっているのだろう。だからこそ、皇后は夕飛に対する千隼の心証を少しでもよくしようと必死のようだった。

夕飛がいかに皇太子にふさわしいかを暗に示そうとする話は、いつまでもくどくどと繰り返され、息子を溺愛する皇后からようやく解放されたときにはもう昼が近かった。

留守を乙切に頼み、千隼は官吏に変装して皇城を飛び出す。

皇后の相手で体力を消耗してしまったのか、昨夜は寝られなかったせいか、きつい日射しに軽い目眩を覚えながら通りを急いでいると、見覚えのある若い娘と行き合った。

紫凰の邸で働いている、壱花という名の下女だ。

「まあ、千隼様」

千隼に気づき、丁寧に頭を下げた壱花は大きな篭を抱えていて、そこからは磯の香りがほのかに漂ってきた。

「あわびですか、それ」

はい、と壱花は笑って頷く。

「白蓮様は今朝はとても食が進まれ、朝餉で昼の分のあわびもぺろりと食べられておしまいになられたので」

「……仕事を増やして、すみません」

壱花の額には、玉の汗が浮かんでいる。あわびが傷まないように、市から急いで帰ってきたのだろう。

申し訳ない気持ちで詫びると、壱花が「とんでもない！」と慌てたふうに首を振った。

「あわびを買いに行くお使い、実は楽しみなんです。戻ると、白蓮様が『お礼だよ』と可愛らしく仰って、蝉の抜け殻をくださるので」

「蝉の抜け殻……」

白蓮が紫凰の言いつけをちゃんと守っていることを嬉しく思う反面、蝉の抜け殻が果たして若い娘への礼になっているのだろうかと苦笑いが漏れた。

「迷惑ならやめさせますよ？」

「迷惑なんて、まさか。蝉の抜け殻って綺麗なんですよ。陽にかざすと、琥珀みたいにきらきらしていて。それに、白蓮様のような尊いお方から贈り物をいただいたのは、初めてですから、私にとっては宝物なんです」

そう言ってから、壱花は「あ」と声を漏らす。

「千隼様にも先日、お菓子をいただいたんでした。ありがとうございました！」

壱花は明るく微笑む。

気持ちのいい娘だと思いながら、千隼は「それ、俺が持ちましょう」と壱花の抱える篭へ手を伸ばす。

「いえ、とんでもないです」

慌てたように、壱花が後ろへ隠そうとした篭を、千隼は少し強引に奪った。

「白蓮は今日、何をしていますか？」

邸へ向かって歩きながら、千隼は訊く。

「今日はとても暑うございますから、朝餉を召し上がったあと、白蓮様は池へ入られました。でも、白蓮様はあまり泳ぎがお得意ではないご様子で、いつの間にか宮様が白蓮様の船になられて池を泳がれておいででした」

壱花は、くすくすと笑いながらそんな報告をする。

千隼も、紫凰の背に乗って水遊びに興じる白蓮の姿を想像して笑う。

「あ、そう言えば。その最中に、朔菜から早馬の使者が来られたんです」

「――どんな用向きかは、聞いていますか？」

いえ、と壱花は首を振る。

「でも、そのあと、宮様は何やらそわそわされはじめて、千隼様のお出でをお待ちしている様子でした」

「そう、ですか……」

朔菜は、真梶王が暮らす地だ。

もしかすると、白蓮に関することだろうか。そんな様子はなかったが、紫凰は何かを調べていたのだろうか。

そう思い、鼓動を速めた千隼の横で、壱花が「あ、小鞠さん」と声を上げた。

見ると、盗賊に襲われた主馬首の邸から移ってきたという娘が、小路のほうから出てきた。

「小鞠さんもお使いですか？」

「ええ、そうなの」

答えた小鞠は、おずおずと千隼を見た。

「あの、向こうに女の人が倒れているんです。身重《みおも》で、具合が悪そうなんですけど、ちょっと大きな方なので、私では助け起こせなくて……。お手を貸していただけますか？」

「わかりました」

「じゃあ、私も一緒に」

「え、でも……。壱花さん、お使いの途中じゃ……」

「小鞠さんもでしょう？　それに、こういうことは、人数が多いほうがいいですよ」

なぜか妙にぎこちなく頷いた小鞠に先導されて、小路に入る。

「あそこです」

陽の差さない、薄暗い小路の奥に、蹲っているような人影があった。

足を速めて近づき、違和感を覚えて千隼は立ちどまった。

「千隼様？」

不思議そうな顔をする壱花の前に千隼は腕を出し、「下がって」と低く告げる。

あの人影は、女の体格ではない。孕婦《はらめ》と見間違うには無理のある、男のものだ。

そう直感した瞬間だった。いきなり立ち上がった男が、剣を振りかざして襲いかかってきた。

壱花が高い悲鳴を上げる。

「逃げろ！」

あわびの入った篭を男に投げつけ、壱花のほうを振り返ったとき、物陰から抜き身の剣を持った男がさらにふたり現れた。

半月以上、剣を持たなかったことで感覚が鈍ったのか、寝ていないことが原因か、潜む刺客の存在に気づくのが遅れた。ひとり目の刃はかわせたが、続けざまのもう一撃は駄目だった。

体内に強く響く衝撃に顔をゆがめながら、足がすくんでいる様子の壱花に「通りへ走れっ」と告げるのが、千隼にできる精一杯だった。


頬を叩かれる痛みで目を覚ますと、見覚えのない部屋の中で、大勢の獣人の男たちに取り囲まれていた。自分にそそがれる、眼光の凶悪さに咄嗟に後退ろうとして気づく。

——身動きがとれない。千隼は天井の梁に掛けられた縄で腕を吊されており、大きく左右に開かされた脚も床に設《しつら》えられた棒に括りつけられていた。

しかも、全裸で。意識がないあいだに剥ぎ取られた衣が、周囲に散乱してる。

小路で受けたあの一撃は峰打ちだったようで、身体に傷はなかったが、そんなことに安心などできなかった、

「――っ、……うっ」

この状況を質そうとしたが、口は布で塞がれていた。

ただ身じろぐことしかできない千隼の足のあいだで、剥き出しにされていた陰茎《いんけい》と双果《そうか》の袋がふらふらと頼りなく揺れた。

「ほう、こりゃあ……。すげえ上玉だ！」

「本当に。いくら褒美《ほうび》を積まれても、不細工な男なら断るつもりでいたが、これならこっちが金を払ってでもやりたいぜ！」

声も出せず、身動きもとれない千隼の身体を、男たちがまさぐりはじめる。

陰茎を掴まれ、赤い袋を乱暴に揉みこまれ、ふたつの乳首を異なる力が摘まんでくりくりといじる。

「うっ、うぅ……っ」

意味はないとわかっていても、犯されることを――白蓮を生めない身体にされることを怖れて身を後ろへ引くと、腰を突き出す格好になってしまった。

その弾みでひくついた窄《すぼ》まりの襞《ひだ》を、太い指で突き刺される。

肉の洞《ほら》をずぼっと深くまで貫かれる未知の衝撃に、脳裏で火花が散った。

「――ううぅっ！」

堪らず、背を大きく反らせば、今度は陰茎を前方の男の手に擦りつける格好になった。そのまま強く幹を扱かれ、亀頭のくびれを押しつぶされ、背に走った痺れが目眩を引き起こす。

「ふっ、……く、ぅっ」

「すげえな、どうなってんだ！　こんな真っ白に透き通った肌、女でも拝んだことはないぜ」

「この孔の中、見てみろよ！　まるで桃みたいな色してらあ！」

後孔のふちに二本の指を引っかけて広げ、肉襞をめくり上げる男が、下卑た笑い声を甲高く響かせる。

「こっちの乳首は桜色だ。たまんねえな、おい！」

千隼の正面に立つ男が、ぬっと突き出し、尖らせた舌先で、乳首を根元から弾き上げ、転がし回す。

「男なのが、もったいないぜ」

「本当にただの下っ端役人なのか？」

「知るかよ。誰だっていいさ。こんな上玉とやれて、たんまり金がいただけるんだからな」

小鞠の手引きによって、男たちは明らかに千隼を狙って襲撃してきた。なのに、千隼が誰なのか、まったく知らない様子だ。

千隼が聖宮となる身だと知れば、皇家と天の怒りを怖れて、この蛮行をやめるはずだ。

白蓮を生めない身体にされる前に、猿ぐつわを少しだけでもずらしたい。

そう思って、もがいたけれど、あがけばあがくほど男たちを興奮させるばかりで、どうにもならなかった。

「——うぅっ、う……っ、う、ぅっ」

陰茎をしゃぶられ、陰嚢《いんのう》をねじられ、後孔を太い指で突き回され、吐き気を覚えながら必死に考えたが、こんな目に遭う理由がわからなかった。

この部屋の中には見当たらない小鞠は、ほんの半月ほど前に盗賊に押し入られた下級貴族の邸から移ってきた女。昨日、菫星殿からの使いが来て皇城へ戻る際に、水の礼を言ったていどの関わりしかないけれど、千隼が神子族の血を引く人間——主である紫凰の子の母親だということは知っているはずだ。

その小鞠が、どういう理由で千隼をただの小役人だと偽って、この男たちに渡したのか。とても、小鞠ひとりの考えとは思えない。誰かの命を受けて動いたのだろうが、それが誰なのか、千隼には見当もつかなかった。

聖宮となる身の千隼を犯させる目的は、ただひとつ。

次の皇太子を——白蓮を生ませないため。

だが、そうしようと考えるかもしれない皇太子候補の親王たちは、まだ白蓮の存在を知らない。そもそも、どれほど強く皇太子の座を欲していたとしても、神託を受けた千隼の身を汚したところで、望むものなど手に入らないどころか、天罰によって破滅を迎えるだけだ。

朦朧《もうろう》としつつ、そんなことを考えていた脳裏で、ふとある可能性が閃く。

まさか、と愕然として息を呑んだときだった。

「何をしておる！　いつまで、遊んでいるつもりじゃっ。さっさとそやつに、そなたらの子種をたっぷりくれておやり！」

ふいに、それまであることに気づかなかった部屋の奥の几帳が倒れ、女が現れた。

「最初にそやつに子種をそそぎ、その証を私に見せた者には倍の褒美を取らす！」

そう叫んだ女は、明堂火織子だった。

驚いて、大きく目を瞠った千隼の周りで、男たちが袴を脱ぎ出す。

「こんな別嬪《べっぴん》を好きなだけ輪姦《まわ》せて、たんまり褒美がもらえるとは、夢みたいな話だぜ」

「ああ、まったくだ」

しとどに先走りをしたたらせ、おぞましく反り返る自身の肉棒を扱く男たちに、火織子が「さっさと、おやり！」と喚き立てた直後のことだった。

閉じられていた妻戸が凄まじい音と共に倒壊し、白虎姿の紫凰が部屋の中へ躍りこんでくる。

紫凰は無様な形の下肢を晒して突っ立つ男たちを、振りかざした前肢で次々となぎ倒していった。圧倒的な膂力で高く吹き飛んだ男たちの身体は、床や格子にめり込んだ。

「――な、なんだ、この白虎っ」

「でかすぎる……！　こ、皇族か？」

「皇族が出てくるなんて、聞いてないぞ！　端金で、縛り首にされてたまるかよっ」

震える声の動揺が広がったかと思うと、事情を何も知らずにただ金で雇われただけだろう男たちは、いっせいに逃げて行った。

「千隼、大事ないかっ」

千隼を縛る縄を、紫凰が爪と牙で切り裂く。

「はい……っ。俺は無事です」

無事です、と強い声音で繰り返した千隼は床の上の単《ひとえ》を拾い上げ、急いで袖を通す。

「火織子！　このような真似、許されると思うておるのか！」

「殿下こそ！　先の航海から戻られたら、私を妃にしてくださるとあれほど固くお約束したはずなのに、人間の血が混ざった聖宮とすでに子を生していたなどと、こんな裏切りが許されるとお思いですか！」

紫凰が咆哮すると、火織子も声を張り上げる。

「やはり、千隼が何者かを知った上での狼藉か。正気か、そなた！」

「その言葉、そっくりお返ししますわ、殿下。すでに子を生した間柄の者を聖宮に仕立てるなど、天と皇家への許されざる裏切りではありませぬか！　正気の沙汰とは思えませんわ！」

どうやら大きな勘違いをしているらしい火織子に、紫凰が静かに首を振って告げる。

「そなたは思い違いをしておるだけだ、火織子」

「白々しいことを！　私はちゃんと知っているのですよっ。航海から戻られたあとの殿下のご様子があまりにもおかしかったため、私の手の者をお邸に送りこみ、探らせておりましたゆえ。殿下と、聖宮を騙るその男との子は、白蓮という名の若宮だそうですね」

「確かに白蓮は、私と千隼の子。なれど、我々は皇家も天も裏切ってなどおらぬ。白蓮は、常蓮の池を渡り、未来より現れた子だ」

紫凰が、白蓮を自分の子だとはっきり告げたことに千隼は驚いた。

けれど、その断言の理由を訊くより先に、火織子が叫んだ。

「何を、馬鹿なことを！　そのような話、信じられませぬわっ」

「そなたが信じようと信じまいと、それが真実だ。常蓮の池から現れた白蓮が、当初は誰の子かわからなかったゆえ、騒ぎを避けて匿っておったが、私と千隼の子だということがはっきりした。それを陛下にお伝えしようとしていた矢先、そなたがこのような愚行を犯した。ただではすまされぬこと、覚悟せよ」

「我ら明堂家への恩を仇で返される愚行も、ただではすまされぬとお覚悟なされよ！」

火織子は、手にしていた扇を床に叩きつけた。

「私も父も、心から殿下にお仕えしましたのに！」

「そなたらが仕えていたのは私ではなく、私の皇子という身分にであろう」

「何と酷いお言葉……！」

「火織子。私はそなたを愛そうと努力したが、できなかった。なれど、そなたら親子に窮地《きゅうち》を救われたのも事実。皇都を去れ。さすれば、私は追わぬ。新たな地で、人生をやり直せ。心を入れ替えて生きれば、天もそなたを赦されるやもしれぬ」

「……私よりも、卑しい人間の血が混ざった男を選ばれるのですか？」

「卑しいのはそなたの心根だ」

「お恨み申し上げます、殿下。私は、こんなにも殿下をお慕いしておりますのに」

「邸の者が武官らを引き連れて、間もなく到着する。取り囲まれる前に去るのだ、火織子。そなたの心をここまで追い詰めた責任は、私にもある。そなたを逃がすことが、私がそなたにしてやれるせめてものことだ」

「そのような哀れみなど、いりませぬ！」

絶叫する火織子の口から真っ赤な炎が噴き出し、千隼と紫凰の周りの床を焼いた。

「わたくしのものにならぬ殿下など、その男ともども焼け死ねばよいのです！」

火織子の吐く炎は床や柱を焼き、瞬く間に燃え広がってゆく。

邸のあちらこちらから、「外に出られぬ！」「焼かれるぞ！」と狼狽える男たちの叫び声が上がっている。

「この邸は、三方が絶壁の上に建っております。誰も、助けには来られませぬぞ！　この火の海から無事逃げおおせるのは、私だけですわ、殿下」

火織子は狂気じみた笑い声を響かせ、さらに激しく広がってゆく炎の中へ姿を消した。

千隼も紫凰と逃げようとしたが、外へ続く唯一の通路はすでに炎で塞がれていた。火が届いていない場所を探してそこへ逃れたものの、もうすぐ後ろが切り立った崖だった。

炎は目の前まで迫っていた。

もはや千隼たちには、燃えさかる炎に巻かれて焼け死ぬか、底の見えない深い崖へ飛びこんで命を落とすか、どちらがましかの選択肢しか残されていない。

「千隼、乗れ。崖を下りる」

「いくら殿下でも、この崖は無理です」

「私を信じろ、千隼。こんなところで死んだりは、決してせぬ。我らには、白蓮を世に送り出してやらねばならぬ役目がある」

「……どうして、そうお思いですか？」

「朔菜へ遣っていた使者が、今日、戻ってきた。真梶王は一昨年に罹《かか》った病が原因で、子ができぬ身体になられたそうだ。つまり、白蓮の父親は私だということだ」

「……俺も昨夜、わかりました」

千隼は声を震わせて言う。

「皇太子は殿下以外にあり得ないと揺るぎなく思う気持ちが、神託だと」

「ならば、なおさらここでは死ねぬな」

紫凰は笑う。

「私はお前を必ず、守る。信じて、乗れ」

「はい、殿下」

頷いた千隼が背に乗ると、紫凰は崖へ飛びこんだ。

ほとんど垂直の絶壁を、紫凰は風を切って力強く下っていく。

きっと、助かる。そう思って安堵した直後だった。

上空から、無数の炎の槍が降ってきた。それを咄嗟に避けた紫凰が大きく傾いたかと思うと、その巨躯が岩壁から空へ投げ出された。

視界の端に捉えた火織子のゆがんだ笑顔が、どんどん小さくなって見えなくなった。

「――千隼っ」

「殿下っ」

深い谷底へ吸いこまれながら、互いに必死で手を伸ばす。

男たちに犯されそうになったとき、神託に背く行動を取ろうとした自分を天が罰そうとしているのかと思った。

けれど、紫凰が助けに来てくれた。

白蓮の父親は自分だと言ってくれた。

紫凰を皇太子に選び、白蓮の父とするのは、天の意思だ。ならば、天はここで自分たちの命を奪うはずがない。

――死んでなるものか。紫凰を助けて、白蓮を生むのだ。

そう強く思った瞬間、背中がかっと熱くなった。そして、身体がわずかに浮上した。

背に、神子族の翅が生えていた。

「殿下っ」

千隼は、伸ばした腕で紫凰を抱く。

生えたばかりの翅を上手く操ることはできなかったけれど、それでも紫凰と一緒に安全な場所へ降り立つには十分だった。


「そなたが襲われた小路で、小鞠は口封じのために殺されるはずだった。しかし、通りへ飛び出した壱花が大声で助けを呼び、人が集まってきたせいで、あの刺客たちは小鞠を殺し損ねた。そなたを攫うだけで、精一杯だったようだ」

そう聞かされたのは、邸へ戻る牛車の中だった。千隼はその牛車に、部下を引き連れ、駆け

つけた雨邦から着替えを受け取り、人姿に戻った紫凰と一緒に乗っていた。

広い牛車だったけれど、翅はさすがに邪魔だったので、しまって紫凰の話を聞いた。翅の出し入れの仕方は、息をするように本能でわかった。

紫凰によると、少し斬りつけられていたが、かすり傷ですんだらしい小鞠は、刺客が千隼をどこへ運んで、何をするつもりだったのかを知っており、それを隠すことなくすぐに話した。

だから、紫凰は千隼を助けに来ることができた。

「小鞠は、主馬首の邸に足の悪い祖母と共に仕えていた。盗賊騒ぎの直後、祖母と明堂家で働き出したそうだ。しかし、それから幾日も経たぬうちに、火織子に命じられて私の邸へもぐりこむ羽目になったらしい」

裏切らず、火織子の意のままに働くように、祖母を人質に取られて。

「小鞠は、これからどうなるのですか？」

「老いた祖母を助けるために、火織子に従うしかなかった憐れな娘だ。祖母と一緒に、邸に置いてやろうと思う。むろん、そなたが嫌でなければ、だが」

かまいません、と千隼は即座に頷く。

「ところで、あの姫は、殿下の何を怪しまれていたのですか？」

尋ねた千隼に、紫凰は牛車の壁にもたれて「私は半年前、商船団を率いて、三ヵ月の航海に出た」と告げた。海賊団を壊滅した功《こう》により、親王宣下を受けた直後のことだという。

「その際、無事に戻ってきたら、結婚することを迫られた。私にはある目的があり、その結果次第で婚約を破棄するつもりでおったゆえ、約束をしたつもりはなかった。だが、言葉を濁したせいで、火織子は私が婚儀を挙げると誓ったと勘違いしたようだ」

「……殿下は昔、俺にはずいぶんはっきり別れを叩きつけられたのに、女性が相手だとお優しいんですね」

それくらい拗ねるのは許されるだろうと唇を尖らせると、紫凰が笑った。

「まあ、火織子には、婚約したまま二十歳を超えさせ、行き遅れにさせてしまった負い目があったゆえな」

そう言うと、一呼吸置いて「それに」と静かに続けた。

「あのときは、そなたを私のそばに近づけてはならぬと思ったのだ」

「え？」

「乙切から、母のしたことを聞いたであろう？　母が幽閉され、祖父も叔父も蟄居を命じられて、寄る辺をなくした私は、私の知らぬ間に火織子と婚約させられていた。十二だったあの夏は、その直後のことだった」

「……はい」

「婚約後に明堂家の邸へ招かれたときのことだ。幼いゆえに力の加減がまだできず、気に入らない使用人を焼き殺し、しかし、それを悔いもせず、清々したと笑っていた火織子を見て、ぞっとした。私の心にそなたが住んでいることを知れば、そなたにも同じことをするやもしれぬ、と思うたのだ。あのときの私には明堂家を頼る以外に生きる術はなく、そなたを遠ざけることしかできなかった」

物見窓の外を流れてゆく、そろそろ陽が傾きだした街の景色に目を遣り、紫凰は言った。

「私ひとりなら、皇城など飛び出して、そなたと共に生きることを選んだだろう。けれど、母上を捨てることができなかったのだ。黒獅子でない私を疎んじ、陛下の寵愛を取り戻すことに執着するばかりの愚かな女でも、母親は母親だ。叔父も祖父もこの世を去ったあと、私が母を見捨てれば、髪を切られてひどく母を恨んでいた皇后は、きっと陛下に母の処刑を願い出ただろう。だから私は皇城に残り、明堂家の金の力に頼って、母を生き存《ながら》えさせることを選んだ」

許せ、と落とされた声に、千隼は「許すも何もありません」と首を振る。

「殿下の判断は間違っておられません。母上を捨てて来られた殿下と、俺は共に生きたいとは思えなかったでしょうから」

そうか、と紫凰は微苦笑を浮かべる。

「今更言っても何の償いにもならぬが、私はそなたと黄金の木蘭の下で交わした誓いを忘れたことはないぞ。だが、私は十二のときから、明堂家の金の力に頼って生きてきた。いつか身を立て、明堂家から自由になろうと剣術や学問に励んだものの、その指南を受ける金さえも明堂家が頼みだった。そんな日々を続けるうちに段々と心が鈍磨して、私を恨んでいるだろうそなたのことを想い続けても意味がないように思え、私は火織子を愛そうと努力してみた」

紫凰が皇后の策略によって、ある日突然、ほとんど着の身着のままで皇城を追われたのは、そんな矢先のことだったという。

同情し、手を差し伸べてくれた者がいなかったわけではない。しかし、彼らは皆、皇后の不興を買えばたちどころに皇城を追放されるような身分の低い貴族や官吏で、決してその手を取るわけにはいかなかった。

だから、紫凰は明堂家に身を寄せようとした。

「あのとき、ありのままの私を受け入れてくれていたら、私は火織子を愛したかもしれない。けれど、火織子は皇城に住まう皇子の妃になることしか、眼中になかった。どうにか、私の宮中での立場を回復させようと躍起になる明堂に、結婚前の私を邸に置けば火織子に悪い噂が立つやもしれぬゆえ、しばらく母上が幽閉されている離宮で世話になれ、と追い立てられた。そこへは、明堂がつけたわずかな供と馬で向かったが、途中、大雨に降られて皆とはぐれ、馬にも逃げられ、山の中の洞窟をどうにか見つけ、濡れ鼠で震えながら一夜を過ごした」

惨めな夜だった、と紫凰は低く笑った。

「だが、ひとりでは何もできぬ情けなさが、私を正気づけもした。私はもう一度、明堂家の呪縛から逃れるための力をつける決意をした。ちょうどそのとき、陛下より船と貿易の許可をいただいて、私は海へ出た。そして、幸いにも一年も経たぬうちに、これまで世話になった十分な礼を明堂にできる財を成すことができた。しかし、そなたとの約束を果たすためには、まだ時間が必要だった」

自分との約束。それは、両手一杯の黄金の木蘭の花を持って、千隼を迎えに来ること。

だが、黄金の木蘭はいつの間にか皇帝から皇后へ贈られていた。そして、皇后は花を分けてほしいと頼んだ紫凰に、おそらくは嫌がらせだろう、常軌を逸した値の支払いを要求してきたという。

「……俺は、殿下のお気持ちだけで、十分ですよ？」

「そなたがそう言うであろうことは、想像できた。だが、ほかにどうしようもなかったとは言え、私はそなたにあんな酷い言葉を投げつけたのだ。詫びの品のひとつも用意せねば、格好がつかぬであろう？」

苦笑気味に言って、紫凰は千隼をまっすぐに見つめる。

「先の航海で、その金が揃う予定だった。だから、海に出るのはそれで最後にするつもりだった。そして、もうひとつ、決めていたことがある」

皇后から黄金の木蘭を買い、それを持って千隼を探して求愛すること。

もし、千隼がすでに誰かと結婚していたり、あるいは求婚を拒まれたりしたら、そのときはけじめとして火織子と結婚するつもりだったこと。

「……だから、姫との約束が曖昧なものになったんですね？」

ああ、と紫凰は苦笑する。

「航海の成果は予想を遥かに上回るもので、私は意気揚々と帰国し、皇后との交渉に向かった。ところが皇后のもとにいらしていた陛下より、蘭家の乙女に聖宮の神託が下り、そなたが名乗りを上げていると聞かされたあげく、群行の護衛まで仰せつかり、心臓がつぶされた思いだった」

そのあとの、何をしても気もそぞろの状態を見て、どこかに女でも囲ったのではないかと火織子は疑い、紫凰が群行の護衛のために皇都を発った直後、邸へ小鞠を送りこんだ。

その小鞠から受けた、千隼が半分人間の神子族で白蓮の母親、そして菫星殿に住んでいるらしいという報告には、当然ながら、白蓮が常蓮の池を渡って現れたことは含まれていなかった。だから、火織子は、交易のために皇都を留守にすることの多かった紫凰が、自分の目の届かない地で、密かに千隼と子を生していたと考えたようだ。そして、紫凰が、自分を冷遇してきた朝廷に復讐をするために、群行警護のあいだに何らかの方法で千隼を偽の聖宮に仕立てて、皇城へ送りこんだ、という大きな思い違いをしたらしい。

火織子は、武官らの追跡をかわして逃走してしまった。だから、確かめることはできないけれど、おそらく火織子は、白蓮の誕生を阻止しようとしたのではなく、千隼にどこの誰ともわからない男の子を孕ませ、辱めようとしたのだろう。

「そなたを聖宮に選んだ天を、私は恨んだ。笹椋で、正視すれば目が眩みそうなほど美しくなっていたそなたを見たときには、そなたを攫って逃げたい誘惑と必死に戦った」

「……とても、そんなふうには、見えませんでしたけど」

感情を殺して生きる術を学んだこの十三年間の成果だ、と紫凰は笑んだ。

「だが、白蓮がそなたと私の子だったとわかったときには、恨んでいた天にどれだけ感謝したかわからない」

「……殿下。俺、思うんです。殿下は後ろ盾が明堂家だけで、武官や身分のあまり高くない官吏たちからの人望はおありでも、有力貴族たちはほかの皇子たちを支持しています。そんな状況で、候補ではなかった殿下を皇太子に指名する神託が下りても、貴族たちは俄には納得しなかったでしょう。もしかしたら、明堂家が金にものを言わせて、何か工作をしたのではないかと疑う声も上がったかもしれません。だから、白蓮を、殿下が皇太子となられる証として、こちらへ送りこまれたのではないでしょうか」

そうやもしれぬな、と紫凰は微笑む。

「しかし、もう少しわかりやすい形で天意が示されていれば、この六日間の我慢をせずにすんだのに」

やわらかな声音で紡がれた言葉の意味を咄嗟に掴みかね、「え？」と首を傾げた千隼を、紫凰が力強く抱き寄せた。

「私の妻になってくれ、千隼」

大きな喜びで胸が塞がれ、眦に熱がじわりとにじむ。

「……俺を妻とすれば、もう気ままな旅をして暮らす夢は叶わなくなりますよ」

「かまわぬ。白蓮が池を渡ってくるまでは考えもしなかったことだが、もう腹を決めた。どこでどのように生きようとも、私の生《せい》はそなたがいてこそ意味を持つ」

あでやかな美貌が焦点が合わなくなるほど近づいてきて、鼻先を擦り合わされた。

「そなたは聖宮、聖太母となると同時に、皇太子妃、皇后となる。重責ではあろうが、私がそなたを支える。笹椋が恋しいと思う暇などないほど、そなたを愛すと誓う。だから、私の生涯ただひとりの妻になってくれ、千隼」

「……はい。はい、殿下」

震える声をこぼした唇に、そっと口づけがほどこされた。

初めて触れた紫凰の唇はとても温かく、心地がよかった。

「そなたが無事でよかった」

上気した頬を撫で、紫凰が淡い苦笑をこぼす。

「白蓮はそなたが生む我らの子ゆえ、そなたに天の加護があることはわかっていた。なれど、気が気ではなかった」

「殿下……」

「千隼。そなたが無事でよかった……」

「はい、殿下……」

繰り返された優しい声音に、千隼は眦を熱くして頷いた。

夕陽が通りを赤く染める中、牛車が邸へ到着した。

心配顔の女房たちが出迎えに現れる。少し前まで、千隼と紫凰が揃っていないことを寂しがって泣いていたらしい白蓮は、今は疲れて眠っているという。

今日のうちに家族三人で皇城へ報告に行くつもりだが、白蓮が静かなあいだに湯殿で身を清めることにした。

紫凰の邸には温泉が引かれていて、主人用、客人用、使用人用などの複数の湯殿があるという。千隼は客人用の湯殿を使った。汚れを洗い流した身体に単を纏い、着替えるためにふたりの女房に案内されて入った部屋には、先に湯浴みを終えていたらしい紫凰がいた。

「そなたたちは、しばらく下がっていてくれ」

千隼と同じ白い単姿の紫凰が言うと、一礼をした女房たちが妻戸を閉めてその場を辞した。格子もすべて下ろされている部屋の中には、ほかには誰もいない。

皇城へは共に正装して赴くので、身支度に女房たちの手が必要だ。なのに、なぜ人払いをしたのだろうと不思議に思った千隼を、紫凰が呼んだ。

千隼は、紫凰と向かい合って座る。

「先ほど、牛車の中でそなたが申した通り、私には有力貴族の支持がない。そなたが私を皇太子に選ぶと告げても、すぐには是《ぜ》とされぬやもしれぬ。だから、誰にも有無を言わせないようにして参内したい」

「何か、お考えがおありなのですね？」

「今、ここで、そなたの純潔を奪う」

「え……」

「私がそなたを乙女ではなくしても天罰が下らぬことが、そなたの選択の正しさの証となる」

「それは、そう……ですけど……」

思いもしなかった提案に、肌が熱く火照るのを感じながら、千隼は口ごもる。

「ならば、そなたを抱いてかまわぬか？」

頬を撫でられて問われ、心臓が痛いほど跳ねる。

その性急さには少し驚いたけれど、紫凰の言葉は間違っていない。それに、皇帝と黒慧にすべてを話せば、白蓮は白蓮が生きるべき時間へ戻される。自分のもとから、いなくなってしまう。だから、一日でも早く白蓮の聖花卵を実らせたくて、千隼は頷いた。

千隼を抱き上げ、寝台まで運んでくれた手つきは、まるでこの世の至宝でも扱っているかのような優しいものだった。

けれども、千隼の単を奪って、脚を開かせた手は荒々しかった。

鼓動が痛いほど速くなり、人姿なのに、どことなく獣めいた匂いを漂わせる紫凰を、直視できなくなった。

嬉しくて、だけど少し苦しい胸を押さえ、千隼は視線をうろうろと彷徨わせた。

「千隼、許せ」

千隼の脚のあいだで自身も単を脱ぎ捨てた紫凰が、低く声を落とす。

「え……？」

「そなたは、まだ汚れを知らぬ身。大切に抱かねばならぬことはわかっておるが、あまり時間がない上に、何より私に余裕がない」

そう告げられて視線をやった先の光景に、千隼は目を瞠った。

「あ……」

紫凰はすでに、隆々と勃起していた。

だが、驚いたのはべつのこと――その巨大さだ。

二日前、予期せず目にしたので、紫凰の雄が並外れて逞しいことは知っていた。だから、昂れば当然、より大きくなるのだろうと思ってもいた。

しかし、鋭く引き締まった下腹部に張りつくようにして反り返る怒張の太さと長さ、どっしりと張り出した亀頭の凶悪さは、想像を絶するものだった。

「……どうして、そんなに……」

呆けた声を発した千隼の脚のあいだで、紫凰が笑う。

「そなたが私をこうしているのだ」

眼前で脈動している赤黒いものの大きさが今の半分ほどなら、告げられた言葉を千隼は嬉しいと思っただろう。

だが、純粋に感動するには、紫凰の猛りは凶暴すぎる。

「……でも、それにしても……」

動揺し、思わず後ろへ逃げかけた千隼の右脚を、紫凰が素早く抱え上げる。

「あっ」

高く抱えられた脚の根元で、紫凰のそれとは比べものにならない慎ましやかな陰茎と蜜袋が、ぷるんと弾んだ。まるで、自由を奪われた千隼の代わりに震えたかのように。

「そなたがどうしても嫌だと申すのなら、無理強いはせぬぞ、千隼」

紫凰は笑んで、千隼の腿に口づけた。

「あ……っ」

「だが、白蓮がこの世に生を受けたということは、私はいずれそなたを抱くということだ。どうせ避けられぬことならば、今、破瓜《はか》をすませてくれぬか？」

言いながら、紫凰が内腿への口づけを繰り返す。

やわらかい皮膚を甘く吸われた場所から血潮がうねる疼きが生まれるのをはっきり感じ、千隼は爪先を震わせた。

「ふっ、ぅ……」

「千隼。私は、そなたを私のものにして、参内したいのだ」

耳に届いたそのやわらかな声に、千隼ははっとまたたく。

自分を貫こうとしているもののあまりの巨大さに驚き、つい失念しかけたが、自分の受け取った神託が間違いではない証とするために、今、紫凰に抱かれねばならない。

「頼む、千隼。今、私のものになってくれ」

内腿を伝ってきた紫凰の唇が千隼の陰嚢を捉え、そっと食んだ。

「――ああっ」

甘美な痺れが、腰骨を刺して響いた。

ぐぅぅっと角度を持った千隼の陰茎が空に突き出て、先端から蜜の糸を細く垂らした。

「これは、よい、という返事か？」

ぴくっ、ぴくっと裏筋を痙攣させる陰茎の先から垂れ落ちる蜜を指に絡め、紫凰が愉しげに問う。

「は……、ぁ、……んっ」

言葉ではっきりと肯定するのは、恥ずかしかった。だから、千隼は腰を浮かせ、双丘の割れ目を、紫凰の脚に押し当てて擦ることで返事をした。

千隼の意図は、紫凰に正しく伝わったようだ。

「私は、そなたを愛おしく思うぞ、千隼」

紫凰は抱えていた千隼の脚を離すと、自身の屹立を上下に速く扱いた。

じゅっ、じゅっと肉のつぶれる音とともに先走りが溢れて、紫凰の手をぬめらせる。

「千隼。無粋なことだとわかっておるが、ひとつ、聞かせてくれぬか？」

そう言った紫凰の指が、千隼の秘所を突いた。

淫液でたっぷりと濡れた指は、ぬぷっとなめらかに肉環をくぐり、内部に埋まった。

「ああっ」

腰の奥から四肢の先へ散った歓喜に、千隼は喉を仰け反らせた。

「そなたがその年まで純潔であったのは、私を想うてくれてのことか？」

ぬりっ、ぬりっと隘路《あいろ》の粘膜を擦られながらの問いに、千隼はたまらず腰を振った。

尖る快感を逃がそうとして、腰を右へ左へと揺するたび、下肢で蜜袋ごと陰茎が跳ね、その震動が歓喜を増幅させた。

中途半端に萌《きざ》していた陰茎が硬く漲って膨れ、透明な蜜をとろとろ吐いた。

「そうだ、という返事か？」

「あっ、あ……っ。ち、ちが……っ」

少し気落ちしたような声に、千隼は何だか訳がわからない気分になりながら首を振った。

「違うのか？」

「そうじゃ、な……っ」

「何が、そうではないのだ？」

肉筒を掘ってほぐす指の動きをとめる気はないらしい紫凰を、千隼は涙目で見やる。

「笹椋では、あ、あまり……、そういうことを、考える余裕がなくて……っ」

ひくつく花環をかき混ぜる指を締めつけ、千隼は声を絞る。

「いかに多くの賊を捕らえるか……、頭にあったのは、そんなこと、ばかりで……」

告げて、千隼は大きく息を吸う。

「でも……、それは……、殿下以外の者と恋をしたいと、思う気持ちが、なかったから……、かもしれません……」

「そうか」

嬉しげに双眸を細め、微笑んだ紫凰が、指を抜いた。

肉筒の奥から異物がぬぷっと出てゆく感触に、千隼は肩を震わせる。

「……俺も、聞いていいですか？」

「どんなことだ？」

頷いた紫凰が、熱塊の切っ先を千隼のそこへ宛がった。

「……っ。一昨日は……、どちらへ、お出かけ、だったのですか？」

朝帰りはしなくても、紫凰はあの日、火織子を抱いたのかもしれない。

それを責める気などないけれど、知っておきたかった。

「明堂の邸だ」

群行の護衛から戻って以降、一度も足を運んでいなかったことで火織子が不機嫌になっている、と父親の明堂から使いが来たという。

「だが、あの夜は、酒を飲んで、語らっただけだ。そなたが思っているようなことはない」

自分に向く眼差しの色で、その言葉が偽りではないと直感できた。

それで、十分だった。

はい、と頷いた千隼の潤む窪地の表面を、太々とした亀頭がぬるっぬるっと愛撫する。

「今までそうできなかったぶん、これより先はそなたを必ず幸せにする」

紫凰がゆっくり腰を進める。

肉の環が限界まで引き伸ばされ、その奥へ凄まじい圧力と共に長大な杭がずぶずぶと沈みこんできた。

「――ああぁ！」

凶悪に張り出した亀頭で隘路を容赦なく押し広げられ、その分厚いふちで柔壁をえぐるように掘りこまれ、一瞬、脳裏が白く霞んだ。

「……っ、千隼。千隼……っ」

愛おしげに自分の名を呼ぶ紫凰の楔が粘膜をぐいぐいと擦りながら、奥へ奥へと入りこんでくる。

「あっ、あっ、あっ……！　殿下……っ！」

——長い。大きい。熱い。

千隼は空を蹴り、爪先を引き攣らせた。

一体、どこまで侵されるのだろうとおののいたとき、臀部に弾力のある熱の塊をきつく押しつけられたのを感じた。

ずっしりとして大きく、千隼の臀部をいびつにへこませるそれは、紫凰の陰嚢だった。

「……千隼っ」

頭上から、深い息が落ちてくる。

この身のうちに、紫凰のすべてを受け入れたのだ。

「あ、あ、あ、ぁ……」

そう理解した千隼の胸の中で、歓喜が大きく膨張した。

粘膜が爛れてしまいそうな熱さが苦しい。だが、自分の中を余すところなくみっしりと紫凰で満たされている喜びが遥かに勝っていた。

「――殿下っ」

嬉しい。そう思って紫凰と視線を絡めた瞬間、千隼は白濁をしぶき上げていた。

紫凰と繋がることができ、嬉しくてたまらない気持ちがどっと溢れたかのように。

「あぁっ」

生まれて初めて知る、愛の交歓によって得られた絶頂感に、千隼は腰をくねり踊らせた。

紫凰を呑みこんだままの肉筒が激しく波打ち、収縮する。そのせいで、雄の形の凶暴さをよりはっきりと感じる羽目になったけれど、それすらも甘美な刺激に思えた。

「痛くは、ないようだな、千隼」

千隼の上気した頬を撫で、紫凰が腰を揺する。

怒張にきつく絡みつく肉を捏ねられ、射精を終えたばかりの陰茎がにゅぴゅっと残滓の糸をもらした。

「……あっ。殿下は……、熱くて、長くて……、苦しい、です……っ」

でも、と千隼は紫凰の背に腕を回す。

「嬉しい、です」

震える吐息と共に告げた唇に、甘い口づけが降ってきた。

「千隼……」

「……ん、ふぅ……っ」

ひくっ、ひくっと痙攣する隘路をゆっくりとかき回されながら、舌を優しく強く吸われる。深い酩酊感で思考がとろけ、どうにかなってしまいそうだった。

「ふ……っ、う、ぅ……っ」

「そなたを愛おしいと思う気持ちがとまらぬ」

千隼の唇を噛んで告げた紫凰が、「許せ」と囁いた。

その言葉の意味を不思議に思うよりも早く、紫凰が激しい抽挿を始めた。

「――あああぁ！」

絡みつく媚肉を撥ね返し、亀頭のふちで粘膜を掘りこみ、花襞を内側からぐぽっとめくり上げて抜け出ようとしたかと思うと、次の瞬間には襞を巻きこむ苛烈な一撃を繰り出して最奥を重く突き刺す。

猛々しい律動にずぽずぽとかき回される肉筒から、卑猥に粘りつく水音が響いて散る。

凄まじい抜き挿しの勢いに身体が浮き上がり、視界が大きく揺さぶられた。

「ひうぅっ。あっ、あっ、あっ！」

「千隼。そなたが、熱く絡みついてくる……。夢のようだ……」

上擦る声をどこか遠くで聞いた気がしたときだった。

体内へずぼずぼと深く突きこまれてくる肉の杭が脈動して、その形を変えた。

隘路の中でさらに太く硬く膨張したかと思うと、尖った切っ先がぐぼぉっと奥へ伸び上がってきた。

「――あああぁ！」

信じられないほど奥深い場所を、どすりと串刺しにされてえぐられた。

腰骨が崩れそうな衝撃に、快感の火花が爆ぜた。

もう声もなくのた打って腰を振り立て、空を蹴った千隼の中で、紫凰が射精した。

「――千隼っ」

粘りつく熱い奔流が、粘膜に重く叩きつけられる。

「あ、あ、あ……！」

紫凰は精を吐きながら腰を小刻みに、だが力強く前後させ、隘路を満たす欲情を粘膜にじゅぶじゅぶとなすりつけ、その奥深くへ沁みこませた。

「これで、そなたは私のものだ」

満足げな声で宣言し、紫凰が腰を引く。

だが、白濁にまみれ、とろけきった媚肉は、吐精してもなお容積を変えない雄にねっとりと纏わりついて離れなかった。

「まるで、そなたとひとつに溶け合ったようだな」

淡く笑んで、紫凰が腰を引く力を強くする。

「あぁっ！」

陰茎に絡まったままの媚肉は、抜け出る亀頭の形にぐちゅうっと盛り上がって引き伸ばされ、弾き飛ばされた。

充溢《じゅういつ》を失った孔から泡立つ白濁がびゅっと散り、たらたらともれ続ける。

そのはしたないさまを紫凰に凝視されているのを感じたが、痙攣する内腿にまったく力が入らず、脚を閉じることができなかった。

「……殿下。見ないで、ください……」

どうにか声を震わせて言った千隼に、紫凰は首を振った。

「無理だ。許せ」

千隼が乱れた息を整えるために大きく喘ぐつど、にゅぴゅん、にゅぴゅんと白濁を散らす孔を、紫凰が指でつつく。

「あっ。は、ぁ……っ」

「千隼。私はとても気分がいい。そなたはどうだ？」

白濁まみれの孔をぬぷぬぷと指で突く紫凰の眼差しは、ひどく真摯だった。

「……お、俺もっ、あっ……、いい……、ですっ」

千隼は困惑しつつ、下肢のぬかるみを穿たれて感じることを口にした。

するとと、紫凰が「そうか」とやわらかく笑んだ。

「実はな、千隼。私はそなたに、白蓮の父親は私だと申したものの、絶対の自信があったわけではなかったのだ」

「え……？」

「父上は今もそうだが、先の帝も晩年まで、それはそれはお盛んであられた。だから、どこぞに落とし胤《だね》の白虎の王がおるやもしれぬ可能性を少しは考えた。だが、我らに天罰は下りそうもないゆえ、白蓮の父親は私で間違いないようだ」

「はい、殿下」

微笑んで頷いた千隼から、紫凰は指を抜く。

そして、襞のふちを卑猥のほころばせるそこへ、再び昂っていた杭の先を当てた。

「あまり時間はかけぬゆえ、念のためにもう一度、契ってよいか？　そのほうが、白蓮も早く生ろう？」

問われ、またたいた目に気持ちが表れていたのか、紫凰は千隼の返事を待たずに太々とした亀頭をずぶりと突き挿れた。

二度契ったあと、千隼と紫凰は白蓮を連れて参内した。邸を出る前に天霧山へ使いを出していたので、皇城へ下りてきていた黒慧と皇帝にすぐに白瑞殿で謁見した。

千隼と紫凰は白蓮が常蓮の池を渡ってきてからの六日間のこと、そして疚しさは何もないので過去に婚姻の誓いを交わしていたことも話した。

国の大事に関わる神託が汚されれば、神子族の長は必ず天の怒りを感知する。しかし、紫凰が千隼の純潔を奪ってもそれがなかったためか、黒慧はすべてを淡々と受けとめていた。

一方で、皇帝はさすがに驚きを隠せないようだった。

翌朝開かれた廟議《びょうぎ》も、荒れに荒れたという。しかし、天が聖宮に選んだ千隼と紫凰がもう契ってしまっていては、誰にも何もなす術はなかった。

それでも燻る廷臣たちの不満を、皇帝が「もう決まったことだ！」と一喝して抑えこむという危ういかたちではあったものの、紫凰は皇太子として立つことになった。

ただし、皇太子の選定も聖婚も今回は異例尽くしだったため、公にされるのは千隼の懐妊――聖花卵の結実《けつじつ》を確認してからと廟議で決められた。

白蓮は生きるべき時間へ戻されることになり、いつの世からやって来たのか、その正確な時を調べるために神子族の高位術者が常蓮の池へ入った。

そして、同時におこなわれる立太子《りったいし》と聖婚の儀式の日取りが決まるまで、千隼は白蓮と共に紫凰の邸に住まうことが許された。

菫星殿から紫凰の邸へ居を移した翌日は、朝から雨が降っていた。

「せっかく母上がいらっしゃるのに、お庭がびしょびしょで遊べませぬ……」

朝餉を終えたあと、白蓮は簀子から雨に煙る庭を見てしょんぼり項垂れた。

「そうだな。庭に出るのは、今日は無理だな」

千隼は笑んで、狩衣の胸もとへ白蓮を抱き上げる。

もう忍んで邸に通ってくる必要もなくなったけれど、神子族の長衣は動きにくいし、元海賊の押しかけ下男が「よ、奥方！　今日も天女みたいな別嬪だぜ！」などと気軽すぎる挨拶を飛ばしてくるここでは聖宮の品位や権威を示す必要はない。だから、千隼は今までと同様に、簡素な狩衣を纏って過ごしていた。

「今日は、大人しく部屋の中で書を読むといい」

つい先ほど、皇城から届いた立太子式についての文を獣姿のまま器用に開いて読みながら紫凰が言うと、「書など退屈でございます！」と白蓮は渋面を作った。けれど、すぐに何かを思いついた顔になって、紫凰の背に飛び乗った。

「父上。わたくしは、西の庭にある大きな蔵の中をまだ見たことがありませぬ。あそこには、何があるのですか？」

「たくさんの宝だ」

「宝物がたくさん！　海賊の宝物でございますか？」

「それもある」

「ならば、今日は西の蔵で遊びとうございます！　蔵の中なら濡れませぬし、ぴかぴかできらきらの物をたくさん見れば、きっと楽しくなりまする！」

背中でぴょんぴょんと跳ね回る白蓮にせがまれ、紫凰は苦笑すると「そうだな」と立ち上がった。

「さあ、皆で、蔵の探検へ参りましょう！」

大きな背に跨がった白蓮が前肢を上げてわくわくと言うと、紫凰がゆっくりと歩き出す。

そのふたりの姿に笑みをこぼし、千隼もついて歩く。叱らねばならないときにはしっかり叱るものの、紫凰は甘すぎるほど甘い父親だと思った。

母屋を出て、千隼は雨邦に渡された大きな傘を広げる。皇城では、自分で傘など差せば、たちまち小言が飛んでくるだろうが、ここではそんなことは起こらない。

「母上もお乗りになりますか？　父上の背中は大きくてふかふかで楽ちんで、とても気持ちようございますよ！　疲れたら、いつでもころっと横になって眠ることもできまする！」

「……俺はさすがに、横になったら落ちそうだ」

まるで紫凰が乗り物のような口ぶりに苦笑をもらし、千隼は「俺は歩くから、いいよ」と白蓮の頭を撫でた。

紫凰の逞しい背に乗ると胸が高鳴って、おかしな気分になるかもしれないと思ったのだ。

「そなたは父上のふかふかをひとり占めして、楽しむといい」

「はい、母上！」

元気よく返してきたその返事通り、白蓮は「父上、ふかふか！　父上、ふかふか！」と小さな腰と尾をふりふり振って、はしゃいでいた。

けれども、西の蔵に入り、そこが国内外の書物が収められた「知の宝庫」だと知ったとたん、弾けんばかりだった喜びを音が聞こえそうな勢いで萎ませた。

「……書物蔵など探検しても、楽しくありませぬ。どこも少しも、ぴかぴかでもきらきらでもありませぬ」

「そんなことはない。楽しい書も、きらきらしい絵のついた書もたくさんある。今日はここで、父と母と書を読んで過ごすのだ。よいな」

「はいぃ……」

渋々、観念した表情で返事をしたさまが可愛くて、千隼は「いい子だな、そなたは」と撫でてやる。すると、白蓮はそれだけで「うふっ」と機嫌を直して、尻尾をぴんと立てた。

その素直さに愛おしさを深めながら、一緒に読む書物を選んでいたさなか、白蓮が「あ」と前肢を上げた。

「あれは、父上でございますか？」

白蓮の前肢が指す方向には、裸体に腰布を巻いた男の木像があった。

鮮やかに彩色されたその像は、白虎の耳と尾を持つ男のものだった。逞しさの中に男の色香を持つ体つきが、人姿のときの紫凰と似ている。だから、白蓮は紫凰の像だと思ったようだが、千隼にはすぐに違うとわかった。

紫凰は半姿が取れないし、何より、像の額に朱眼があったからだ。

「あれは槐陛下の像だ。額に朱眼があるだろう?」

白蓮は紫凰の背から頭の上へよじ登り、像を凝視した。

「額の真ん中に、真っ赤な目がありまする! 目が三つもありまする!」

なぜですか、と白蓮は興奮気味に叫ぶ。

「この国を救った功績を称えられ、天から贈られたのだ」

金瑠璃皇国の子供は貴賤を問わず『白槐記』を――白虎帝・槐の救国記を寝物語にして育つので、三つ、四つほどの子供でも槐の名を知っているものだ。

しかし、ほかの記憶と一緒にすっかり忘れてしまっているらしい白蓮に、千隼は紫凰と代わる代わる、槐の伝説を話して聞かせた。

「黒獅子のみが玉座に就いてきたこの金瑠璃皇国の歴史の中で、槐陛下は唯一の白虎帝だ」

紫凰が言い、千隼が「この国を、滅亡の危機から救った方だからだ」と続ける。

そしてまた、紫凰が口を開く。

「槐陛下が誕生されたのは、今から二百年ほど前のことだ。幼い頃より聡明で、剣にも弓にも長けた皇子だったにもかかわらず、白虎ゆえに玉座からは最も遠い存在であられ、皇太子には当時の第二皇子が立たれた」

「だけど、槐陛下が成人された頃、周辺の人間の国々が同盟を結んで、金瑠璃皇国へ攻めこんできたんだ」

「どうしてでございますか？」

我が国の富を狙ったのだ、と紫凰が答える。そのあとを、千隼が継ぐ。

「人間の連合軍は遠くにある別の大陸から、金瑠璃皇国の民が見たこともない恐ろしい兵器を手に入れ、この国を焼きつくそうとしたんだ。兵士がたくさん死に、皇帝も皇太子も皇子たちも次々に戦場で斃れた。そして、残った皇族の男子は槐陛下と、陛下の弟宮の、まだ生まれたばかりだった幼い皇子だけになってしまった」

「赤子に軍を率いることはできぬゆえ、槐陛下が新たな皇帝となられたのだ。最初は誰にも期待されない、形だけの皇帝だった。しかし、知略に飛んだ武人であられた槐陛下は次々に奇策を考案して、人間の連合軍を壊滅させ、滅びかけていた我が国を救ったのだ」

「戦いを終えた槐陛下は、恋人だった麒紫様という神子族の長と協力して、焼かれたこの国を立て直したんだ。国に緑と民の笑い声が戻ったとき、天は槐陛下と麒紫様の功績を称えられて、おふたりに不老長寿を贈られた」

「そして、槐陛下にはあの朱眼――真実を見抜くことのできる第三の目が授けられたのだ」

「では、あれは、すごい目なのでございますね！」

　高い声を上げて感嘆する白蓮を撫で、千隼は「ああ。そうして、不老長寿と朱眼を授かり、神に近い存在となられた槐陛下は、玉座を弟宮に譲られたんだ」と言う。

「それから、どうなったのでございますか？」

「麒紫様と共に常蓮の池へ入り、時の旅人になられたんだよ」

「池にどぼん！　わたくしと同じでございますね！」

　飛びこんだところはそうだな、と千隼は苦笑する。

「白蓮よ。そなたもいずれ、槐陛下のような白虎帝となる身。多くの書を読んでこの世のことを学び、武術の鍛錬に励まねばならぬぞ」

　いつになく重々しい口調で、紫凰が告げる。しかし、白蓮は不思議そうに首を傾げた。

　黒慧によると、元の時へ帰れば、失った記憶も姿を変じる力も戻るらしいが、今は自身の立場についての自覚がないからだろう。

「字がいっぱいの書も、武術の稽古も、わたくしは好きではございません。それより、蝉の抜け殻を探したり、池の中で父上に乗って遊んだりするのが楽しゅうございます！」

　白蓮は生まれながらの皇太子だ。楽しいことだけをしていてはならない。

　けれども、紫凰はしばらくの沈黙のあと、窘めはせず、言った。

「では、晴れたらまた池に入ってやるゆえ、今日はたくさん書を読むのだ」

昨日、常蓮の池に入った術者たちはひと月ほどで戻ってくるとのことなので、こうして触れ合える日もあとわずかだ。だからなのか、険しさよりも甘さの勝る声だった。


雨は昼を過ぎて弱まり、夕方前に上がった。

そのあいだ、白蓮はたくさんの書を読んだ。最初は、晴れた日に池で紫凰に船になってもらいたい一心だったが、徐々に自主的な興味が生まれたようだ。特に、勇壮な絵がついた戦記と、きらきらした絵がふんだんに入っている天文に関する書に惹かれたらしく、熱心に読みふけっていた。千隼が「そろそろ夕餉の時間だから戻ろう」と白蓮を抱き上げると、熱中するあまり文字通りかじりついていた書まで一緒にぶら下がってきたほどだ。

そんなふうにして初めて勉学に励み、よほど疲れたのか、白蓮は夕餉の焼きあわびを咥えたままうとうとしはじめた。

「白蓮、あわびが垂れてるぞ。眠いのか？」

千隼が肩を震わせて問うと、白蓮ははっとした顔であわびを飲みこみ、首を振った。

「いいえ。眠くなどありませぬ。わたくしは父上のように大きくなるために、今晩もあわびをたくさんもりもり食べねばなりませぬゆえ！」

ほんの一瞬、青い目をきりりとさせて答えたものの、すぐにまた瞼が落ちて上半身がぐるぐる揺れ出したかと思うと、ぱたんと仰向けに倒れて寝息を立て出した。

千隼と紫凰に酒をついでくれていた女房が、「ああ、これはもう駄目でございますね」とくすくすと笑った。

愛おしくて仕方がない気持ちと一緒に千隼は白蓮の小さな身体を抱え、寝所へ運んだ。やわらかい茵《しとね》の上に寝かせ、満足げに膨らんだ腹を上下させる姿をしばらく眺めて戻ると、紫凰も女房もおらず、夕餉の膳もすべて消えていた。

食事はまだ途中だったのに、と不思議に思ったところへ、人姿に青磁色の狩衣を纏った紫凰が現れた。

紫凰は「こちらへ」と千隼の手を取る。

「膳は先ほど、釣殿《つりどの》へ移した」

釣殿で、蛍が飛んでいるらしい。

「今宵は白蓮が早く寝たゆえ、我らは蛍を眺めながらゆっくり酒でも飲もう」

手を引かれて行った釣殿では、無数の蛍が淡い光を放って飛び交っていた。

時折、ぬるい夜風が吹くと、空を舞う光もふわふわと漂い揺れた。

笹椋でも醒ヶ井家の奥方が蛍見物の宴をよく開いていたが、紫凰とふたりで眺める蛍の群れは何だか特別に美しいものに思えた。

幻想的な夜景と美味い酒を楽しんでいるうちに、蒸し暑さで少し汗がにじみ出す。邸の者は気を遣って誰も近づかないので、千隼と紫凰は単姿になって涼んだ。

「笹椋の蛍も綺麗でしたけど、皇都の蛍は雅やかですね」

杯を片手に欄干にもたれ、蛍の飛び交う池を眺めていると、背後から紫凰に抱きしめられた。

「そなたのほうが美しい。蛍よりも、この世の何よりも」

腰に当たる紫凰のものが熱くて、硬い。

あ、と思ったときには、単の上から乳首を摘まれていた。

「んっ……、殿下……」

「この胸の尖りは、玉《ぎょく》よりも魅惑的だ」

愛の囁きに興奮し、硬く凝《こご》った肉粒を指の腹でくりくりと押し転がすと、紫凰は千隼の腰紐を解いた。

単の裾をめくって脚のあいだへもぐりこんで来た手が双丘を揉みしだき、その奥の窪地をそろりと撫でた。

「ふっ、ぅ……っ」

「そして、この小さき花は、大輪の牡丹よりもあでやかだ」

唾液で濡らしたのか、硬い指がぬるりとなめらかに肉環を貫く。

「あぁっ」

紫凰の指が隘路を押し開き、ぬりっぬりっと粘膜を擦り立てる。

潤みをなすりつけられながら、窄まりの襞をほぐされる甘美な感覚に、千隼の花茎《かけい》がたちまちぐうっと反り返った。

それに気づいた紫凰が、千隼の単の前を大きく広げる。

「あ……」

覆うものをなくした屹立《きつりつ》が、頼りなく空でしなる。

そして、後ろを指で掘り突かれるつど、それはぴくんぴくんと痙攣し、赤く膨れていった。

「千隼。挿れてもよいか？」

真っ赤に膨れ上がったものの先端で秘唇がくっぱり割れ、その奥から蜜がとろとろと溢れ出した頃、耳朶を舐められて問われた。

「……は、い」

浅く頷くと、背後で紫凰が自身の腰紐を解く衣擦れの音がした。

千隼が息を詰めると同時に、肉襞に熱くて硬くて、しとどに濡れたものが押し当てられた。

「ちはや……」

肉環が貫かれ、逞しい熱塊がねじりこまれてきた。

「――あああぁ！」

太くて長い雄に隘路をぐぬうぅっと掻き分けられ、深みをずぶぶぶっと掘りえぐられて、尖った快感が脳裏で爆ぜる。

甘美な痺れが足先へ走り、膝が笑う。

咄嗟に目の前にあった柱に縋りつくと、意図せず紫凰に向けて腰を突き出す格好になった。

そのせいで、熱の杭を根元まで引きこみ、自ら串刺しになってしまう。

それが雄の興奮を煽ったのか、猛々しい抽挿が始まった。

「あっ、あぁぁ……！」

速い速度で深く浅く肉筒を突かれるつど、ずっしりとした陰嚢に臀部をぴたんぴたんと重く打擲《ちょうちゃく》された。

身体を激しく揺さぶられ、千隼の蜜袋も屹立と一緒にぶるんぶるんと回転して弾んだ。

前からも後ろからも襲い来る愉悦の波に、千隼は柱にぎゅっと抱きつき、あられもない嬌声を高く散らした。

「あ、あ、あ……っ！　あぁあっ！」

紫凰と交わるのは今宵で四度目だが、寝台ではない場所で抱かれるのは初めてだ。

そのことに、身も心も高揚しているのか、たやすく膨れ上がってしまった射精欲を抑えることができなかった。

「うっ、うぅ……っ。あ、あ、あ……！」

千隼は極まった。

びゅうっと噴き出した精液が、蛍の舞う池にぴしゃぴしゃ飛び散った。

「美しい。まるで、桃源郷に迷いこんだかのようだ」

つやめかしい笑みを含んだ声で、千隼には咄嗟に理解できない言葉を紡いだ紫凰が、その漲りをさらに膨張させた。

絡みつく粘膜をずずずっと擦って、太い杭が侵入を深めてくる。そのまま奥深い場所を強く突きえぐられた衝撃で、ぶるっと跳ねた千隼の陰茎が蜜の残滓を細く散らした。

「あぁっ」

「千隼、愛してる……」

紫凰が甘い声音を響かせて抽挿を速め、やがて千隼の中で大きく爆ぜた。

しとどにしぶいた精液が千隼の中をぐっしょりと濡らし、結合部の隙間から白濁がぼたぼたと垂れ落ちた。だが、肉筒を満たす雄の容積は少しも衰えない。

千隼は紫凰と繋がったまま、身体を反転させられた。

向かい合った格好での杭の抜き挿しが、すぐに始まった。

強靱な腰遣いでぬかるむ肉筒をかき回され、泡立った精液が粘膜の上でぷちぷちと弾け飛ぶのを感じ、千隼は喉を仰け反らせて悶絶した。

「あ、あぁっ！」

「千隼、愛してる。こんなにも愛おしいのは、そなただけだ……」

重く苛烈な突き上げに翻弄されながら、霞む意識の中で千隼は思った。

幸せでたまらない、と。


紫凰に初めて抱かれてから、半月が過ぎた。

そのあいだに火織子は逃亡先で捕らえられ、父親の明堂は官位を返上して蟄居した。身体の傷と心の傷が癒えた小鞠は祖母と共に紫凰の邸で働き出し、紫凰と共に生涯を過ごすことにしたと報せた笹椋からは醒ヶ井や隊員の祝いの文が返ってきた。

しかし、本来なら遅くとも十日ほどで実るはずの聖花卵が、まだ結実しない。

とは言え、千隼は半分人間だ。その影響で時間がかかっているのだろう、と黒慧に告げられた皇帝から、子ができやすくなる食べ物や薬が毎日大量に送られてくるようになった。

さらに、典薬寮《てんやくりょう》の薬師が五人も派遣されてきて、千隼は毎日、彼らの処方した煎じ薬を飲み、薬湯に浸からねばならなくなった。

朝、昼、晩とそれぞれ異なる薬師が薬を処方していたが、夜に出される液体薬には特に辟易した。臭いはないものの、口に含むとやたらと苦いのだ。少し舐めた紫凰に「子を生むとは、大変なことなのだな」としみじみと言われたほどだ。

数日後のある夜のことだ。夕餉をすませたあと、女房が青地に金と銀を散らした美しい茶碗にそそいだ液体薬を運んできた。茶碗がやたらと美々しく豪華なのは、器をとびきり麗しいものにすれば苦みが少しでも和らぐかもしれないと紫凰が考えたからだ。

正直なところ、味はまるで変わらない。けれども、紫凰の気遣いに感謝しつつ、息をとめて薬を飲もうとしたときだった。

「母上、何をお飲みですか？」

先に食事を終えて、湯殿へ行っていた白蓮が飛びついてきた。

「それは、美味しいものですか？」

とても美しい茶碗のせいだろう。全身からほこほこと湯気を立てる白蓮は、中に何が入っているのか興味津々で、千隼がとめる間もなく口先をずぼっと器の中へ突っこんだ。

直後、白蓮は全身の毛をもわっと膨らませて波打たせたかと思うと、「おえぇぇ」と悲鳴を上げてひっくり返ってしまった。

「苦いっ。苦うございます！」

床の上をころんころん転がって盛大に文句を言う白蓮を抱き上げ、千隼は水を飲ます。

「これは俺の薬だ。そなたが飲んでは駄目だ」

千隼は苦笑交じりに言って、白蓮の鼻先をつついた。

「お薬？　母上はご病気なのですか？」

千隼を見つめる白蓮の顔に、深く心配する色が浮かぶ。

「そうじゃない。俺は元気だぞ、白蓮」

「では、どうしてお薬を飲まれているのでございますか？」

何と答えようかと迷った千隼の代わりに、紫凰が白蓮の首根っこを掴んでひょいと持ち上げ、告げた。

「そなたに早く会うためだ」

宙に浮いた白蓮はくるくる揺れながら、不思議そうにまたたいた。

「わたくしはここにおりまする！」

「確かにおるな。しかし、そういう問題ではないのだ、白蓮」

「では、どういう問題でございますか？」

「それは、大人にならねば決してわからぬことだ」

妙に重々しい口調で告げられ、白蓮は今度は納得顔になる。

「わたくしは、いつ大人になれますか？」

「たくさん寝たあとだ。だから、今宵はもう眠るのだ」

「はい、父上！」

控えていた女房に、紫凰は白蓮を渡す。

お休みなさいませ、と愛らしく前肢を振って部屋を出る白蓮を見送り、薬を飲み干すと、紫凰に湯殿へ誘われた。

このところ、千隼は薬湯に浸からねばならないので客人用の湯殿にひとりで入っていた。けれど、今晩は紫凰の湯殿に薬湯が用意されているという。

行ってみて、千隼は目を瞠った。

湯殿の一面に、あの黄金の木蘭の花が飾られ、きらきらと眩しい輝きを放っていたのだ。

「この木蘭……」

「そなたのものだ、千隼」

紫凰は言いながら千隼を抱き寄せる。

「ようやく、誓いを果たすことができた」

ええ、と千隼は微笑む。嬉しく思いつつ、少し心配もする。

「……皇后様から買われたのですか？」

「いや。それが、そのつもりだったのが、いただいたのだ」

その代わり、今後、夕飛をよしなに、という意味なのだろうと聞き、千隼は「なるほど」と苦笑する。

「千隼。そなたを一生、何よりも大切にすると、今、ここで改めて誓う。だから、ずっと私のそばにいてくれ」

「はい、殿下」

「たとえ、笹椋が恋しくなったとしても、帰ったりせぬと約束してくれるか？」

「……約束、いたします、殿下」

正式な婚儀はまだだが、千隼は紫凰の妻になれた。

幸せだが、心には小さな棘も刺さっている。

千隼も紫凰も、白蓮が言っていた「母上がいなくなった」という言葉の意味を、以前は「笹椋へ帰った」と解釈していた。けれども、互いにたったひとりの伴侶として愛し合えた今、千隼が笹椋へ帰る理由がなくなってしまった。

だからこそ、紫凰は「笹椋へ帰らないでくれ」と呪文のように言葉にすることで、何年か後に千隼が皇城からいなくなるほかの理由を考えないようにしているのだろう。

千隼と、そして自分を安心させるために。

紫凰のその気持ちが、とても嬉しかった。

やはり、自分に残されている時間は少ないのかもしれない。

けれども、怖いとは思わない。わずかのあいだだけでも、紫凰と白蓮と共に生きられたなら、その人生は何の悔いも残らない幸せなものだろうから。

「殿下……。俺はずっと、殿下のおそばにいます」

静かに告げた千隼を、紫凰がきつく抱きしめた。

「千隼、愛してる。私の妻は、永遠にそなたひとりだけ……」

甘い声音を響かせて愛を囁いてくれた紫凰と、口づけを何度も深く交わした。

「……ふっ、ぅ、ん……」

繰り返された口づけで火照り、汗ばんだ肌から、衣を脱がせ合う。

千隼のそれも、紫凰のそれも、昂って反り返り、先端を濡らしていた。

「殿下……」

千隼は紫凰の前で膝を折る。そして、幹に何本もの太い血管を浮かしてびくびくと雄々しく脈動し、淫液をしとどにしたたらせている怒張へ手を伸ばす。

赤黒くなめらかな皮膚に触れた瞬間、あまりに熱くて指先が小さく跳ねた。

「千隼、どうした。そなたは奉仕などせずともよいぞ？」

淡く笑んで、頬を撫でてくれた紫凰に、千隼は首を振る。

「でも、俺、飲みたいんです」

きっと、紫凰と睦み合える回数は限られている。

だから、躊躇う時間がもったいなくて、千隼ははっきり告げた。

「殿下の精液を」

「なぜだ？」

「殿下のものをいただいたら、早く、白蓮が実るんじゃないかと思って」

「精液を飲んで懐妊したという話は聞かぬぞ？」

紫凰が笑って、千隼の乳首の片方を摘まんで捏ねた。

「――んっ。だ、だけど、試したいんです、どんなことでも」

頬を上気させて告げると、紫凰が「わかった」と頷いた。

そのまま、眼前の楔を口に含もうとしたけれど、「そう慌てるな」と制された。

「私もそなたを愛したいゆえ、私と逆向きになって私の顔を跨いでくれ」

言って、仰臥《ぎょうが》した紫凰の上で指示された姿になってみて、それがとても恥ずかしい格好だと気づく。けれど、不満を口にする暇もなく、紫凰の鼻先で晒してしまっていた秘所の窪地を指でぬぷんと突き刺された。

「あっ」

甘美な衝撃が腰に響き、身体が前方へ傾く。その弾みで、唇に紫凰の熱く濡れた亀頭が当たる。唇をぬるりとすべった淫靡《いんび》な感触に誘われ、千隼は口を開いて、それを咥えた。

「ふ、ぅ……っ」

もちろん、大きすぎてすべては呑みこめないし、紫凰の顔を跨いで開いている肉襞をぬぽぬぽと掘りつつかれるせいで、せっかく含めたものが時々唇からこぼれてしまう。

それでも、どうにか口腔に収められた亀頭の先端部分を、千隼は丹念に舐め、尖らせた舌先で突いてみた。

「っ、千隼……」

拙い愛撫だろうけれど、紫凰は悦んでくれた。

先端を挟む唇を弾く勢いで怒張が膨らみ、千隼の口の中に熱い粘液がどっと流れこんでくる。

濃い雄の匂いに少し噎《む》せた。放たれた量が多すぎて、受けとめきれなかったものを口の端からぽたぽたとこぼしながら、千隼は紫凰の精液を飲んだ。

喉の奥へ流れ落ちてゆくそれは、薬のように苦かった。けれども同時に、とても甘美な、不思議な味がして、千隼はうっとりと雄の亀頭を吸った。


「母上！」

白く乾いた陽が地を照らし、蝉の声がわんわんと響き渡る中、水菓子を持って邸を訪ねてきてくれた清良と伊荻と共に釣殿で涼んでいると、白蓮が渡殿を走ってきた。

首から、見慣れない小さな布袋を提げている。

「あ。叔母上殿、叔父上殿、いらっしゃいませ」

千隼の隣で急停止した白蓮がぺこりとお辞儀をすると、伊荻が双眸を細めて笑んだ。

「清良は若宮様の叔母ですが、私はまだ叔父ではありませんよ」

「でも、もうすぐ叔父上殿になるのでしょう？　ならば、今も叔父上殿は叔父上殿だと思うのでございます！」

白蓮は元気よくそう答える。そして、首から提げていた袋を「母上、見てくださいませ！」と逆さにして振って、その中身をいつもの狩衣姿で胡座をかいて座っていた千隼の足の上に落とした。袋の中から出てきたのは、蝉の抜け殻だった。

「とっても大きな蝉の抜け殻を見つけました！」

千隼は蝉の抜け殻を掌に乗せる。白蓮が胸を張るだけあって、透き通った琥珀色をしたそれは庭でよく見る抜け殻の倍ほどの大きさだった。

「本当だ。すごく大きいな」

「はい！　こんなに大きな抜け殻は、きっと誰も見つけられませぬ！　この世にひとつだけの珍しき抜け殻でございますゆえ、母上に差し上げまする！」

「ありがとう。大事にするよ」

まるで大変な宝物を見つけたかのように誇らしげな白蓮の頭を、千隼は微笑んで撫でる。

「その袋、誰かに縫ってもらったのか？」

「はい。今朝、壱花に縫ってもらった、蝉の抜け殻集め袋にございます。これがあると、一度にたくさんの抜け殻を集められるのでございます」

「よかったな。ちゃんと、袋のお礼を言ったか？」

もちろんでございます、と白蓮は大きく頷く。

「壱花には、綺麗な蝉の抜け殻を五つあげました」

そうか、と千隼は苦笑する。

白蓮は、壱花が市へあわびを買いに行くたびに蝉の抜け殻を礼として渡しているらしい。そこにまた五つも加わったとなると、壱花の手もとには店が開けそうな数の抜け殻が集まっていることだろう。

「若宮様。お庭遊びは、暑うございましたでしょう？　我らと一緒に、水菓子を召し上がりませんか？　冷たくて、甘いですよ」

清良の誘いに、白蓮は尻尾をくるんと揺らしたけれど、「今日は駄目なのでございます」と首を振った。

「わたくしは、蝉の抜け殻をもっと集めねばならぬのです。父上がお出かけからお帰りになられるまでに、父上に差し上げる素敵な抜け殻も見つけねばなりませぬゆえ！」

白蓮はにぱっと笑って踵を返し、駆けていった。

これまで、蝉の抜け殻は口や前肢を使ってひとつずつしか運べなかったけれど、袋があれば一度にたくさん集められる。そのことが、よほど嬉しいようだ。

「義兄上様は聖宮となられるのですから、頭ではわかっていたつもりだったのですが……。こうして若宮様にお目に掛かってからは、毎朝、何やら不思議な気分で目覚めます。自分が、未来の帝の義理の叔父とは……」

再び庭へ向かう白蓮の後ろ姿を上気した顔で見やって、伊荻が呆けた息を落とす。

過去にそうした例は多いと聞くが、皇帝の姻戚であることを悪用しようなどとはきっと思いつきもしないだろう純朴な眼差しに、千隼は淡く笑む。

「俺も不思議な気分だ。生まれる前の自分の子に会おうとは、想像もしていなかったからな」

「若宮様はよい御子でございますね、兄様」

清良がやわらかい声音で言う。

「本当に……、本当に、ようございました。兄様がお幸せで……」

ああ、と千隼は頷く。

「だから、お前たちも、必ず幸せになってくれ」

紫凰を皇太子に選んだことやその経緯を綴った文を送って以降、清良と伊莪は時々揃って訪ねてきてくれるようになった。

愛おしい白虎の伴侶と子供。千隼の数奇な恋の巡り合わせに驚きつつも、心から祝福してくれる清良と伊莪。心安い邸の者たちや、千隼が留守の菫星殿を預かり、皇城の様子を日々事細かに知らせてくれる乙切。

聖花卵はなかなか実ってくれないものの、幸せだ。

そう思っていた。けれど、そんな夢のような日々の終わりは、突然やって来た。

紫凰と契って、そろそろひと月が経とうとしていたその夜のことだ。皇城から、千隼と紫凰に白蓮を伴って急ぎ参内せよと命じる報せが届いた。

聖花卵が結実したのか、あるいは常蓮の池へ入った術者が戻ったのか。

用向きが書かれていなかったのでそわそわしながら、航海に出る私船団の見送りのために港へ出かけていた紫凰の帰りを待った。それから、昼間の疲れからかすでに寝ていた白蓮を抱いて、皇城へ向かった。

入城するなり、千隼の腕の中で眠っていた白蓮を女官に預けるよう言われ、少し違和感を覚えつつも、控えの間で皇帝から呼ばれるのを待った。

しばらくして通された玉座の間には、皇帝と黒慧だけでなく、皇后、そしてなぜか皇太子候補だった三人の親王までもがおり、室内には息が詰まるような嫌な空気が漂っていた。

そして、黒慧から思いもよらないことを告げられた。

白蓮は未来ではなく、過去から来た、と。

「……過去とは、いつの世のことですか？」

まったく訳がわからず、言葉もなく驚いていた千隼の隣で、紫凰が静かに問う。

「今はまだ、遠い昔としかわからぬ。池に入った私の使者は、未来に向けて白蓮の気配を探していたものの、一向に見つからず、その目を過去に転じて気配の痕跡を見つけ、直ちにそれを報告するため、私のもとへ一旦帰ってきたゆえな」

「白蓮はお前らの子ではない。つまり、皇太子として立つのはお前であってはならないということを、使者殿は急ぎ報せに戻られたのだ、紫凰！」

夕飛が放った咆哮が、部屋の中に響く。

「そもそも、この話の始まりからおかしいと思うておったのだ。千隼は元々は旅芸人というではないか。そんな者が、純潔のはずがない。懐妊できぬのは、日銭のために売りすぎた身体に何ぞ卑しき病でも巣食うているからであろう」

「兄上！　いくら兄上でも、そのような侮辱、許しませぬぞ！」

白蓮のことばかりに気を取られ、傷つくのが遅れた千隼の代わりに、紫凰が間髪をいれず叫ぶ。すると、夕飛も「黙れ、紫凰！」と怒号を飛ばす。

「兄に向かって無礼な口をきく前に、申し開きをすべきことがあろう。お前が、自分こそは皇太子だと主張したのは、記憶を失い、千隼を母と呼ぶ白虎の子を根拠としてのこと。その土台が、崩れ去ったのだぞ！」

「白蓮のことは、私もまだ混乱しておりますゆえ、考えが纏まりませぬ。しかし、たとえ白蓮が我らの子でなくとも、天の意思によって千隼が聖宮に選ばれた事実は変わりませぬ！」

「いいや、紫凰。千隼は聖宮などではなかったのだ」

やけにはっきりした自信を持つ声音で、夕飛は言った。

「何を馬鹿なことを……。ならば、なぜ、天は聖宮に立とうとした千隼を阻まなかったのです？　天の意思に背くことをおこなえば、天罰が下るはず」

「それはな、紫凰。大事の前の小事だったゆえ、だ」

「その資格のない者が聖宮となることが見過ごされるほどの大事とは、一体、何ですか！」

声を荒らげ、憤った紫凰に、夕飛が「白々しいことをぬけぬけと！」と怒鳴る。

「すべては、帝位簒奪《ていいさんだつ》を企てる反逆者を炙り出すためのこと！」

「……反逆者？」

「そうだ。お前は自分の母親が狂っていることを棚に上げ、これまでの冷遇について陛下を逆恨みし、長年の僻地暮らしで朝廷の内情に疎い千隼と、上手い具合に常蓮の池より愚鈍げな顔をして現れた白虎の子供を誑かして利用し、帝位簒奪を企てたのであろう！」

夕飛が言うと、来須も続ける。

「今は、槐帝の御代《みよ》より実に二百年ぶりに戦が起こるやもしれぬ時。そんな国の一大事に際し、朝廷を内側から腐らせる蛆を排除するために、千隼もあの馬鹿面をした白虎の子も、自分ではそう気づかぬまま、天の用意した役者となったのだ。そう考えれば、すべての辻褄が合う」

「――合いませぬ！」

千隼は叫んだ。

「殿下が謀反を企むなど、あり得ませぬ！」

「下手な庇い立ては無用だ、千隼」

来須が鼻を鳴らして、せせら笑う。

「紫凰。お前が陛下に交易の許可を願い出たのは、謀反を起こすための軍資金にするつもりだったのであろう」

「違います！」

「ではなぜ、成した財をほとんど使っておらぬのだ」

「皇后陛下から黄金の木蘭をいくつか分けていただきたく、その代価を用意するためです」

「何を申すか。あの木蘭なら、そなたがあまりにしつこいゆえ、くれてやったが、妾《わらわ》は代価など取っておらぬではないか」

「先日、いただいた際は確かに。なれど、私が四年前にお願いしたときには、確かに代価をお求めになられました」

「えぇい、しておらぬと言うのに！　一体、何のつもりの言いがかりぞ！」

「紫凰よ。皇后がそなたに金を要求した証はあるのか？」

それまで、黙っていた皇帝が口を開いて質す。

「いえ、陛下。それは、ございません」

紫凰は取り乱すことなく、冷静に事実を説明した。しかし、それを信じる者はなく、真実とされたのは皇后の偽りの言葉だった。

そして、紫凰にはそのまま反逆者の汚名が着せられ、夕飛の合図で雪崩れこんできた衛士に連行された。

「陛下。私の言葉を信じてくださらぬのなら、それでもかまいませぬ。なれど、千隼と白蓮が天や皇家に仇なす者ではないことだけは、どうかお信じください！」

「殿下！」

追い縋ろうとした千隼を、黒慧が制して言った。

「利用されたとは言え、謀反に協力したそなたの罪も重い」

「黒慧様！　殿下も私も、謀反など企んでおりませぬ！　本当ですっ」

何かその証を立てなければ、と必死で考えた。しかし、早く、早く、と焦れば焦るほど、思考はただ空回りした。

「私もそう信じたかったゆえ、天に問うた。しかし、天は何も答えてくださらず、蘭家の乙女との聖婚の神託を覆されることもなかった。やはり、そなたは謀反を白日に晒すために天が仕立てた役者であり、真の聖宮は清良ということであろう」

淡々と返されたその言葉に愕然と目を見開いた千隼の前に皇帝が立ち、告げた。

「蘭千隼。そなたを金瑠璃皇国から追放する」

もうただ呆けるしかなかった千隼を、夕飛が玉座の間から引きずり出し、そして言う。

「陛下の特別のご温情により、身の回りの整理のために三日の猶予を与える。その後、まだ国内に留まっていたときには、命はないと思え！」

皇城を追い立てられ、夜道をひとり、ふらふらと戻った紫凰の邸は多くの武官や役人に囲まれていた。あるはずのない、謀反の証拠を探しに来たようだ。

武官らの持つ松明の火だろうか。赤々と輝いている築地塀《ついじべい》の内側では、怒声や悲鳴が入り交じって響いていた。

「大事な物なんです。返してください！」

ふいに、壱花のものだろう声が聞こえた。

「何だぁ？　蝉の抜け殻がこんなにぎっしり。気色の悪い。そこらの火にでもくべてしまえ」

「やめて！　返して！」

壱花の放った高い悲鳴が耳朶を打つ。

築地塀など、翅を出すまでもなく飛び越えられる。咄嗟に助けに入ろうとしたときだった。

腕を誰かに強く掴まれ、千隼は振り向く。

「今、奥方が行っても、騒ぎが大きくなるだけだぜ」

「そなたは……」

元海賊の押しかけ下男だった。

「雨邦様に頼まれてんだ。こっちへ」

「だが……」

「皆は取り調べのあと、お邸から追い出されるらしいが、派手に逆らわない限り、殺されはしない。大丈夫だ」

迷いつつ、千隼は下男に従った。

連れて行かれたのは、港の近くの酒楼《しゅろう》だった。たくさんの船乗りや異人が騒ぐ店の中を、下男は勝手知ったる様子で奥へ進んだ。

騒がしい店内を抜け、小さな庭を通り、倉庫のような場所へ辿り着く。下男に招き入れられたその中には、金銀財宝がうずたかく積まれていた。

紫凰が千隼に贈ってくれた、黄金の木蘭もある。

「あれは奥方の大切な物だからって、雨邦様にここへ隠すように言われたんだ。役人たちが押しかけてきたのが急だったたから、お邸から持ち出せたのはあれだけでさ」

千隼は小さく頷き、「ここは一体……」と言葉をこぼす。

「殿下の隠し財産の蔵のひとつだ。ここは、俺が管理を任されてんだ。お宝を見つからないように隠しておくのは、海賊の得意技だからな」

「しかし、隠し財産とは、何のための……」

あまり聞こえがいいとは言えない言葉に鼓動を速めた千隼に、下男が説明した。

「殿下は高貴な生まれでも、苦難の連続だった人だろう？　で、悲しいかな、人生のままならなさを学ばれて、自分の身に何かあったとき、運よく生き存えられたらその後の再起を図るため、そうできなかった場合は部下や使用人たちが新しい働き口を見つけるまで食いつなぐための金を分散したんだ。お邸に全部貯めこんでちゃ、今回みたいなことがあったとき、いっぺんにお上に持って行かれちまって、すっからかんになるだろ」

常に、皇帝の気まぐれや猜疑心に警戒しながら生きてこざるを得なかった紫凰の心を想いながら、千隼は「ああ」と力なく返す。

「とにかく急なことだったから、俺たちも事態をよく把握できていないんだが、雨邦様から奥方へ伝言だ。ここにある財は皆、奥方のものだ。下手なことは考えず、自分の身の安全のために、好きなように使ってくれってさ。それが、殿下のお心だからって」

「そうか……」

金があれば大抵のことはできるので、ありがたかった。

けれど、今は頭が混乱しすぎていて、皇都に留まることを許された三日のうちに何をすればよいのか、考えつかなかった。

こうしたい、と漠然と思っていることはあるものの、失敗しても成功しても失うものが多すぎて、踏ん切りのつけ方がわからない。

「雨邦様から奥方の手足になれって言われてるから、俺、何でもするぜ。奥方は、これからどうするつもりだ？」

尋ねられても、千隼には「わからない……」と首を振ることしかできなかった。

「とにかく、何をするにも、まずは体力だぜ、奥方。何も考えつかないなら、今晩はもう、飯を食って、寝たほうがいい」

もっともなことだ、と千隼は思った。火織子の配下の者に襲われたときも、前の晩に眠れず、体力が弱っていたせいで、ろくな抵抗もできずに攫われた。

千隼は無理やり食事をとって、眠り、翌朝、花房屋を訪れた。

身の回りの整理をするために三日の猶予を与えられたのだから、家族に会っても咎められはしないだろうと思ったのだ。

黒慧は、清良を新たな聖宮とすると言っていた。おそらく、清良に、あの三人の親王の中から皇太子を選ばせるのだろう。ならば、皇城からの使者があったかもしれない。

城内の現状を――紫凰と白蓮のことを、何か少しでも聞きたかった。

自分がのこのこ現れても、決して歓迎などされないだろうと覚悟していたものの、清良は千隼を詰ることなどせず、迎え入れてくれた。

そして、乙切から届いたばかりだという手紙を渡された。乙切は、千隼と何とか連絡を取ろうとし、清良に文を託したのだ。

そこには、過去の皇族である白蓮は、生きていたその時代が判明し次第、そこへ戻されることと、それまでは菫星殿で乙切が責任を持って世話をすることが書かれていた。

ほっとしたものの、最後にしたためられていた内容に、心臓をえぐられた。

紫凰の邸に、謀反の証拠などなかったはずだ。なのに、たった一晩で、帝位簒奪を企てた大《だい》逆人《ぎゃくにん》に仕立て上げられてしまった紫凰は、半月後の新月の夜に処刑されるという。

金瑠璃皇国では、皇族の処刑は新月の夜と決まっている。祟りを避けるための、古くからの習わしなのだ。

「兄様。どうか、力を落とされないでください」

文を握り締めたまま顔色を失った千隼に、清良がきっぱりとした笑顔を向けた。

「殿下への嫌疑は、濡れ衣でございましょう？」

「……そうだ」

「ならば、今度は、私が兄様を助ける番です。私はこれでも、皇都一の商人の養女《むすめ》です。皇帝陛下と上手く交渉して、きっと必ず、紫凰殿下のお命を救ってみせます！」

だから、明日にでも皇城に上がるつもりだ、と清良は言った。

花房屋の養父母も、清良が新たな聖宮となるという報せを受けて駆けつけていた伊荻も、もちろんその決断を嘆き悲しんでいた。けれど、神託を拒むことなどできるはずもなく、ただ項垂れるばかりだった。

そのさまに胸が痛み、そして自分のために皇帝と渡り合おうと決意してくれた清良の強い笑顔に背を押され、迷いが吹っ切れた。

――自分も、紫凰のために戦おう、と千隼は決心する。

皇帝にも黒慧にも、自分や紫凰の言葉に耳を傾ける気はないようだった。ならば、自分のこの手で、紫凰を理不尽な刑から救うのみだ。勝ち目のない戦だとわかっていても、紫凰が処刑される日をただ座して待つことなどできるはずもない。

一旦、花房屋を辞した千隼は、元海賊の下男に、闇夜に溶けそうな濃い橡色《つるばみいろ》の狩衣の調達を頼んだ。夕暮れ時にそれを纏い、名前を偽って伊荻屋を訪ね、伊荻を店の外の小路へ呼び出した。千隼に気づいて驚いた伊荻の顔には、決意を固めていた清良とは違い、困惑や憤り、千隼への疑念や怒りが混じった表情が浮かんでいた。

「伊荻殿。殿下も俺も、謀反など企んではいない。信じてほしい」

「……私が信じたところで、何がどうなるわけでもないでしょうっ」

苛立たしげに顔を背けた伊荻に、千隼は清良を取り戻したいか尋ねた。

伊荻は拳を握り締め「当たり前ですっ」と低い声を鋭く落とす。

「清良に惚れた日から、俺の目には清良以外の女は女として映らない。皆、野菜や魚に見える。皇都で一番の大店《おおだな》の養女で、嘘か本当か、実の親は神子族だって噂で、俺みたいなしがない炭屋の次男には雲の上の存在で……。それを、必死に思いを伝えて、振り向いてもらったんだ。俺にとって、清良はこの世でただひとりの女だ。なのに何で、ほかの男の子を生ませなきゃ、ならないんだっ」

清良をひたすら想う心の内を吐露する伊荻に、千隼は静かに問う。

「清良を救えるなら、何を犠牲にしてもいいか、伊荻殿」

「……それは、清良を救う方法が何かあるということですか？」

「ある。今晩中に、清良と家族を連れて港へ行くんだ。港には、雷丸《いかづちまる》という船がとまっている。中には、二十人以上が十年は楽に暮らせる財宝がある。その船を操るのは、元海賊だが、信用できる男だ。そなたらを必ず、安全な場所まで逃がしてくれる」

夕飛たちがどう妄想を広げようと、紫凰が帝位簒奪者などではない以上、天が選んだ聖宮は自分だ。清良を逃がしても、天罰など下らないはずだ。千隼はそう思い、下男が用意してくれた船に、酒楼の倉庫にあった財を積みこませた。黄金の木蘭以外のすべてを。

幸い、花房家の者も伊荻家の者も皆、人間だ。辿り着いた先が異国でも溶けこめるだろうし、花房屋の才覚があれば、渡した財を元手に新たな商売も始められるだろう。

「し、しかし……、義兄上様は……？」

「俺のことは気にするな。清良が何と言おうと、無理やりにでも船に乗せて、逃げろ」

伊荻に何度も念を押し、千隼は日が落ちてから皇城へ飛んだ。

夜の闇に紛れて捕らえた衛士に紫凰が幽閉されている場所を吐かせ、その剣を奪った。

紫凰は、黒庭の塔に幽閉されているという。千隼は今まで存在を知らなかった塔だが、すぐに見つけられた。石造りの頑丈な建物のせいか、見張りの衛士は多くない。

千隼は翅をしまい、攻めこんだ。何人かは仕留め損ねたが、仕方ない。加勢の兵を引き連れて戻って来られる前に、紫凰と逃げればいいだけだと思い、先を急いだ。

七人目の兵を斬ったところで、紫凰が閉じこめられている牢の前に辿り着く。

立ち番の兵はふたり。

「な、何だ、貴様！　どこから入ってきた？」

黒づくめの狩衣姿で、血まみれの剣を持って向かってくる千隼が、菫星殿の元主だとは思いもしないのだろう。乙切ら女官たちに言わせれば「悪鬼」らしい自分の姿に一瞬怯み、しかしすぐさま抜刀したふたりの兵を、千隼は剣光を走らせて斬り捨てた。

横たわる死体から鍵と、紫凰のぶんの剣を取り、牢の扉を蹴破るようにして中へ入る。

「殿下、ご無事ですかっ」

「なぜ、来た、千隼っ」

すでに処刑が決まっているからか、開口一番、鋭く怒鳴った紫凰に拷問された様子はなかった。千隼は安堵して、笑って返す。

「これからも、殿下と共に生きるために、です。殿下のおそばにずっといると、俺はお約束しましたから」

「愚かなことを……！　皇城内にどれだけの兵がいると思っている！　たったふたりで、逃げきれると思っているのか」

正直なところ、わかりません、と千隼は微苦笑する。

「俺たちをこんな目に遭わせる天の意図も、俺にはわかりません」

でも、と千隼は声を強く響かせる。

「殿下が帝位簒奪者などではないことは、俺たち自身が一番よくわかっています。だから、天が俺を聖宮とし、殿下と契ることを阻まなかったその理由に、一縷の望みを賭けることにしたんです」

千隼は笑んで、「それに」と続ける。

「俺の人生も、殿下がいてこそ、意味のあるものですから」

「千隼、そなたは……」

紫凰が声をもらしたとき、激しい怒声が聞こえてきた。加勢の兵が到着したらしい。

「殿下。このままここに留まれば、ふたり一緒に死体になるだけです。何もせず死を待つより、俺のためにあがいて、少しでも長く俺と一緒に生きてください」

「千隼。私は、よい妻を娶った」

千隼が差し出した剣を、紫凰は静かに笑んで、受け取った。

ふたりで牢を出た。入り口は兵たちに固められているので、紫凰に案内された窓から外へ飛んだ。そのまま逃げきれたらよかったけれど、いくらも飛ばないうちに翅に矢を射かけられ、千隼は抱えていた紫凰と共に地表へ落下した。

「ついに化けの皮を剥ぐことにしたらしいな、大逆人共が！　皇城から生きて出られると思うなよ！」

どこからか、来須の咆哮が響く。どうやら、矢を放ったのは、来須らしい。

「千隼、乗れっ」

白虎の獣姿に変じて、紫凰が叫ぶ。千隼は翅から矢を引き抜き、逞しい背に飛び乗る。

紫凰は風を切って駆けた。だが、その先にすぐさま、無数の兵が現れた。

「矢を放て！　あのふたりを射殺せ！」

轟いたのは、夕飛の怒声だった。その合図と共に、前方から凄まじい勢いで矢の雨が降ってくる。紫凰はすばやく進む方向を転じた。皇城を脱出するための門からはどんどん遠ざかっているが、矢の届かないところへ走るしかなかった。

「後悔しておらぬか、千隼」

百人や二百人ていどの獣人や人間の兵が相手なら、獣姿の紫凰とふたりで倒せただろう。だが、やはり数が多すぎる。それに、夕飛や来須もいる。ほかの皇族も追っ手に加わっているかもしれず、勝ち目などないに等しかった。

だが、後悔などしていない。過去の皇族である白蓮は生きるべき世へ戻されるし、清良たちは逃がせた。後顧の憂いは何もない。あとは、紫凰と共に精一杯、生きるだけだ。

「いいえ、殿下」

「ならば、この命尽きるまで、そなたと走ろう」

千隼を背に乗せ、紫凰はひたすら疾駆した。待ち伏せの兵を少数ならその巨躯でなぎ倒し、多数なら進む先を機敏に変えながら。

そうして、後宮の奥へ奥へと走っていたさなかのことだ。兵士たちの怒号に混じって「母上！　母上！」と白蓮の声が聞こえた。気のせいかと思いつつ視線を走らせると、後方の木の陰から白い影が躍り出てきた。

「母上ぇ！」

着地に失敗し、白蓮の小さな身体が地面を転がり大きく跳ねる。

「――白蓮っ」

反射的に、千隼は翅を広げた。矢に射貫かれ、落下した衝撃で骨が砕けてしまっていたのか、まるで飛べずに地に転がったが、痛みを感じている場合ではなかった。

力を振り絞って起き上がって駆け、白蓮を腕に抱く。

「母上ぇ！　皆が、母上は私の母上ではないと申すのですっ。でも、わたくしには母上の匂いがちゃんとわかりまする！　こうしてちゃんと、母上の居場所がわかりました！」

泣きじゃくってしがみついてくる白蓮の身体は土埃に塗れ、矢がかすったのかところどころ血がにじんでいた。

白蓮は紫凰のように牢獄に繋がれていたわけではない。自分の匂いに気づき、乙切たちの制止を振りきって菫星殿を飛び出し、懸命に追って来たのだろう。

自分の子ではないとわかっていても、堰を切って込み上げてきたどうしようもない愛おしさと共に、千隼は白蓮をきつく抱きしめた。

「千隼っ、急げ！　追いつかれるっ」

千隼は白蓮を抱いて走り、紫凰に乗った。

「母上、父上。わたくしたちは、どこへ行くのですか？」

腕の中から少し不安そうに問う白蓮に、千隼はぎこちなく微笑むことしかできなかった。

追ってくる兵の数はさらに増えていて、広大な庭園の中で縦横無尽に風を切っていた紫凰の体力もそろそろ限界のようだった。

気がつくと三方を囲まれ、一面に美しい蓮が浮かぶ池のほとりへ追い詰められていた。

「降せよ、紫凰！　さすれば、皇族として最低限の名誉ある死を与えてやるぞ！」

背後で上がる夕飛の声を無視し、紫凰は前へとゆっくり歩んだ。

「千隼。ここまでのようだな……」

「そのようですね、殿下」

息がずいぶん荒くなっている紫凰の背から下り、千隼は月光を浴びて淡い銀色に輝く池を眺めた。神子族の高位術者と天に選ばれた者以外が入ればどうなるか、誰も知らないその常蓮の池を目の前にして、紫凰と自分は同じことを考えているのだとわかった。

「母上……」

心許なく自分を呼ぶ白蓮を、千隼は見つめる。

ここへ置いていけば、白蓮は神子族の術者が元いた時へ戻してくれる。けれども、この手から離したところで、白蓮は自分と紫凰のあとをきっと追って来る。

それに、戻された世界に、白蓮を慈しんでくれる母親はもういない。おそらく、白蓮は死んだ母親に再び会うことを求め、池に飛びこんだのだろうから。だが、何の力もなかったために記憶を失い、間違って落ちてきたここで最初に会った千隼を母親と思いこんだのだろう。

「……白蓮」

「はい、母上」

「もう、そなたの好きなあわびは食べられなくなるかもしれない。それでも、俺たちと一緒に来るか？」

「参ります！　あわびなど、食べられなくてもかまいませぬ！　母上と父上と、どこまでも一緒に行きまする！　目が覚めたときにひとりなのは、もう嫌でございます！」

「そうか……。寂しい思いをさせて、悪かった」

千隼は白蓮を抱きしめ、紫凰と目を合わせて、頷く。

どんな世の、どこに流れ着くかはわからない。だが、三人一緒なら大丈夫だ。三人一緒でなければ、生きている意味がない。

天は濡れ衣を晴らしてはくれなかったけれど、自分たちが大逆人ではないことは知っているはずだ。どこかで家族三人で慎ましやかに生きていく希望くらいは、叶えてくれるだろう。

「紫凰！　無数の矢に塗れた無様な死に様を晒したくなければ、さっさと降さぬか！」

喚き立てる夕飛を一顧だにせず人姿になった紫凰が、千隼に手を差し出す。

「では、行こうか、そなたたち」

「いざ、参りましょうぞ、父上！」

腕の中で白蓮が上げた勇ましい雄叫びに、千隼は紫凰と笑みを交わす。そして、固く手を繋ぎ合い、池に向かって走ろうとしたそのときだった。

池の水面が眩しく光って、ふたりの長身の男が現れた。

旅装だろう、少し変わった衣を纏う男たちだった。

ひとりは、ぞっとするほどの美貌と純白の翅を持っている。

もうひとりが持つのは白虎の耳と尾、そして額には真っ赤な三つ目の目――。

言葉もなく驚く千隼と紫凰の背後で兵士たちが大きなざわめきを広げ、誰かが叫んだ。

「――朱眼だ！　まさか……、槐陛下と麒紫様、か？」

「いかにも、我は槐。そして、この者は麒紫」

朱眼を持つ白虎の帝は静かに告げると、その身体から外した外套を紫凰に渡した。

「着ておけ。よき身体だが、その格好で皇太子の神託を受けるは、いささか間が抜けておろう」

「は……」

紫凰が戸惑い気味に受け取った外套を羽織ると、槐の隣で麒紫が口を開く。

「帝と神子族の長をこれへ呼べ」

神子族、皇族、貴族、そして民。この国に生きるすべての者にとって、槐と麒紫は神と同じと言っても過言ではない存在だ。ほどなく現れた皇帝と黒慧が、槐と麒紫に跪く。それまで、呆然と立ち尽くしていた兵士たちも次々に倣う。

千隼も膝を折ろうとしたが、どういうわけか身体が動かなかった。声も出ない。隣に立つ紫凰も同様のようだ。白蓮は千隼の腕の中で全身の毛を逆立て、ぐるぐると唸っている。

「黒慧よ。神託を授かっておる。心して、聞け」

麒紫の言葉に、黒慧はさらに額《ぬか》づく。

「聖宮に千隼、皇太子に紫凰を立てよ」

「ははっ」

「紫凰に邪心などない。紫凰は皇太子として、そして次の世の帝として、賢明に戦を避け、この国により大きな繁栄をもたらす者。しかとそう心得よ」

は、と声を揃えた黒慧と皇帝に頷きを返した槐が、千隼を見る。

「千隼よ。そなたに子ができぬのは、人の血のせいではない。薬師に毒を盛られておるからだ」

驚いた千隼に、槐は「だが、案ずるな」と声を響かせる。

「飲むのをやめれば、それでよい。近いうちに、そなたはそなたの白蓮を腕に抱けるゆえ、こちらの白蓮は返してもらおう」

言って、槐が千隼から白蓮を取り上げた。

「母上！」

嫌がって四肢をばたつかせる白蓮を見やり、槐は「これは幼き日の私だ」と告げる。

「そして、母が死んだ日に、母を恋しがって泣くこの者を池へ落としたのも私。記憶を奪い、千隼の匂いを母の匂いだと思いこませたのは麒紫だ」

母上、母上と暴れる白蓮の首根を掴んで、槐は言葉を続ける。

「この幼き私は長じて即位し、戦いを終えて朱眼を授かったのち、過去へ渡って今の私と同じことをするのだ。この国を救うためにな。それが、こたびの神託の意味だったのだ、千隼よ」

咄嗟に意味が掴めず、眉根をわずかに寄せた千隼に、槐が笑う。

「白虎として生まれた私は、誰からも軽んじられる皇子だった。そして、その楽しみと必要性を誰にも教わらなかったゆえに、書も武術の鍛錬も嫌いな、我が儘な皇子であった。あのまま成人すれば、父や兄たちと戦死するどころか、いち早く国を捨てて逃げ出す卑怯者となっていたであろうし、この国の今もなかったやもしれぬ。なれど、天はこの国が滅びるのを惜しまれ、私にそれを阻む使命を与えられたのだ」

言って、槐はやわらかく笑む。

「私の母は獣人の女人であったが、そなたとよく似ていた。天は、母とよく似たそなたと、聡明で慈悲深い紫凰のもとで、人の上に立つ心と覚悟を学ばせたのだ」

「互いを愛し合い、支え合うそなたらは、長い皇家の歴史の中に現れたあまたの夫婦の中で、槐の仮親として最もふさわしいと天が選んだのだ」

麒紫がそう言うと、槐は白蓮に「さあ、元の世へ戻る時が来たぞ、槐よ」と告げた。

すると、白蓮は身体を大きくねじり、千隼のほうへ四肢を伸ばして叫んだ。

「わ、わたくしは白蓮！　母上と父上の子！」

「お前の父と母は、紫凰と千隼ではない。今、記憶を戻したゆえ、もうわかっておろう」

槐の問いかけに、白蓮は強張った顔で「知りませぬ、知りませぬ！」と繰り返す。

「母上！　わたくしは、母上といつまでも一緒におりまする！　おりとうございます！」

必死に叫ぶ白蓮を抱きしめてやりたかったけれど、千隼の身体はまったく動かなかった。

「聞き分けのないことを言うでない、槐。お前は元の世に戻り、強い帝となって国を救い、またこの時へ現れて千隼を救う役目がある。お前が私となって助けに来なければ、千隼はこの大勢の兵たちに殺されてしまうことになるのだぞ。それでもよいのか？」

「嫌でございます！」

「ならば、戻って、立派な帝となれ。それが、そなたの運命《さだめ》だ。千隼と紫凰は――母上と父上は、もう十分お前を愛してくれたであろう。その恩に報いるのだ」

白蓮は、槐の手の下で力なく四肢を垂らした。そして、大きな青い目に溜めた涙をぽろぽろこぼしながら頷いた。

「では、別れを告げよ」

「……母上。父上。お元気で……。とても楽しき日々でございました……」

水面に浮かんでいた三人の姿が、空気に溶けるようにして消えた。

自由の戻った身体で千隼は池のふちへ駆け寄り、何度も白蓮の名を呼んだが、その姿を見ることはもう叶わなかった。


池のほとりに佇み、千隼はたくさんの蓮が浮かぶ水面を見つめて泣いた。

しばらくそうして、このひと月、自分と紫凰が育てた白虎の子は生きるべき世に帰ってしまった現実を、静かに受けとめた。

紫凰は、皇帝が急遽召集した廟議に臨むために皇城に残り、千隼は邸に戻った。

昨夜とは打って変わって、皇帝が用意した豪奢な牛車に揺られて邸の門をくぐる。昨夜、押し寄せた武官たちに多少荒らされはしていたが、邸の者たち全員の無事を確かめ安堵しかけ、しかし千隼はあることを思い出して動顛した。

清良たちを乗せた雷丸を呼び戻さねばならない。慌てて、雨邦に手配を頼んだものの、船はまだ出航していなかった。伊荻が、清良の説得に手こずっていたからだ。

そして、その夜のうちに、千隼の薬に毒を盛っていた薬師が判明した。

夜の液体薬を処方していた薬師だ。常蓮の池から真実を見抜く朱眼を持つ伝説の白虎帝・槐と麒紫が現れたことは、たちまちのうちに皇城内はもちろん、都中に広まったため、恐れをなした薬師が自ら罪を告白したのだ。

あの薬が異様に苦かったのは、毒の味をごまかすためだったらしい。

薬師は、娘と官位を失い、千隼と紫凰を逆恨みした明堂に買収されて事に及んだと語り、明堂は罪を認めつつもそれは自分の案ではなく、夕飛に唆されたのだと告げた。

夕飛は近く、遠方の島へ島守《とうしゅ》として赴くという建前で流刑《るけい》されるという。

その地へは、皇后もつき添うらしい。やはり、紫凰が得た天意を恐れ、黄金の木蘭の件で偽りを述べたことを告白して皇后位を返上し、木蘭を紫凰に譲ったそうだ。

槐と麒紫を通して天意を授けられたことで、今度は誰の反対もなく、紫凰の立太子式と千隼との成婚の儀が吉日に執りおこなわれることが決まった。

そうしたことを、千隼は夜更けに邸へ戻ってきた紫凰に、寝所で聞かされた。

「そうですか。よかったです」

やけに皓々《こうこう》と明るい月光が差しこむ格子にもたれて座る千隼は、掌の中の蝉の抜け殻を眺めて微笑んだ。

紫凰からは、廟議は朝まで続くかもしれないので、先に寝ているように言われていた。けれども、傷の手当てを受け、食事と湯浴みをすませても眠れず、千隼は紫凰を待っていた。

「……俺たちの子も、蝉の抜け殻を集めたりするんでしょうか」

白蓮が庭で集め、自分の部屋に並べていたり、使用人たちに褒美として与えたりしていた蝉の抜け殻は、昨夜の騒動のさなかに焼かれ、踏まれて消えてしまった。

けれども、清良たちが訪ねてきた日に、釣殿で「この世にひとつだけの珍しき抜け殻でございます」と千隼がもらい、寝所に飾っていたその大きな抜け殻だけは無事だった。

女房のひとりが気を利かせ、安全な場所に隠してくれていたのだ。

たったひとつ残った宝物を、千隼は高脚の棚の上にそっと置く。

「子供は虫の抜け殻が好きな生き物ゆえ、きっとするであろう」

皇城で着替えたのだろう直衣を脱ぎ、単姿になった紫凰が千隼の頬を優しく撫でる。

「早く会いたいか？」

「はい、とても……」

「白蓮とひと月しか共に過ごせなかったぶん、これから我らのもとに来る子を愛して慈しみ、よき帝に育てようぞ、千隼」

「ええ、もちろんです」

紫凰の胸に寄りかかって深く頷くと、抱き上げられて、寝台へ運ばれた。

紫凰は千隼の夜着の腰紐を解き、自身の単も脱ぎ捨てる。

現れた逞しい身体を、月明かりが白く照らす。見ているだけでどっしりとした重みを感じる赤黒い肉茎は月光を纏い、その堂々とした長大さをなまめかしく誇示しているようだった。

まだ何もされていないのに肌が火照ってしまい、下肢に熱が溜まる。

ゆるりと頭を擡《もた》げた陰茎が、夜着の前を持ち上げる。すでに腰紐が解かれていたせいで、簡単にはだけた衿下《えりした》のあいだから、色を濃くして膨らんだものがこぼれ出た。

「……ぁ」

夜着からその部分だけをあらわにしているさまが、恥ずかしかった。

そして、そう思うことが官能を煽ったのか、千隼のそれはぐぐっと角度を持って空に突き出て、しなり揺れた。

「ほう、なかなか趣深い誘われ方だ」

双眸を細めた紫凰の肉の剣も、空を切る勢いでそそり立ち、膨張した。

「そなたの願いを叶えるためにも、今宵はいっそう励まねばならぬな」

確かに願っていることだけれど、咄嗟の返答に困った口をおもむろに塞がれた。

「……ふ、ぅ」

唇を甘噛みされ、吸われ、肉厚の舌をぬるりと口腔へ差し入れられる。

「う、う……、んぅ……」

覆い被さってきた紫凰と口づけを交わしながら互いの欲望を押しつけ合うと、熱くて硬い紫凰の重みで、千隼の屹立はくにゃりとひしゃげた。

「あっ」

甘美な衝撃が腰の奥を突き刺し、屹立の先端がぴゅうっと細く蜜を散らした。

「千隼……」

紫凰が掠れた声を落として、腰を小刻みに揺する。

千隼の屹立に密着する紫凰のそれが上へ下へとすべるつど、亀頭のくびれが引っかかってぷるぷる弾み、その震動がたまらない刺激を生んだ。

「あ、あ、あ……。殿下……っ」

くびれ同士が引っかかって外れるときに走る痺れにも、下肢の茂りがざりざりと絡み合う感覚にも目眩を覚え、とろけた喘ぎがぽろぽろこぼれた。

紫凰に体重を掛けられ、弾力のある丸みの表面を押しつぶされると、千隼の屹立はその刺激を悦んでまた膨れ、そこをさらにぐうっと深くえぐられる。

「あぁっ、あ……！」

喉を仰け反らせ、息を弾ませるうち、千隼の夜着はすっかりはだけ、茵の上に広がっていた。

肌を隠すものがなくなった下肢が、やがてどんどんと水気を孕んでぬるつきだす。

千隼の鈴口も潤みっぱなしだけれども、紫凰の怒張からも夥《おびただ》しい量の淫液が噴き出しているのがわかる。

紫凰の腰の動きに合わせて熱く漲る欲望と欲望がずりっ、ずりっと擦れ、くちゅう、ぬちゅうっと濫りがわしく粘る水音が響く。

「は、ぁ……ん。あっ、く、ぅ……っ」

気持ちがよくて、たまらなかった。

力強い雄の動きが間断なく与えてくれる快感に浮かされ、足先をきつく丸めたとき、ふいに紫凰が離れていった。

だが、不満を感じる間もなく脚が左右に割られ、その奥の秘所へ紫凰の指が伸ばされた。

「もう何度、私の精をそそぎこんだかわからぬのに、そなたのここはいつ見ても、乙女の花びらのようだな」

窄まりの襞をそろりと撫で押され、内腿がひくんと痙攣する。

「あ……」

「すっかり濡れておるぞ、千隼」

窪みの表面で紫凰が指先を回すと、湿った音が立った。

そこまで伝い落ちた淫液を吸いこみ、しとどにぬかるんでいる襞が紫凰の指の腹に纏わりついていることを報され、湧いた羞恥に息を詰めた瞬間、花の環をぬっと突かれた。

「――ひぅっ」

淫液のぬめりを借りて、紫凰の指はなめらかに千隼の中に埋まった。

紫凰は根元まで沈めた指をぐるりと回してから、前後の抜き差しを始めた。

「あっ、あっ！」

狭い肉の路をぬりっ、ぬりっと掘られ、えぐられるつど、千隼の腹部で屹立がびくっびくっと震えて、反る角度をきつくした。

「そなたの肌は、外も内も、どこも吸いついてくるようで、たまらぬな」

つやめかしく笑んだ紫凰が指を二本に増やし、出し挿れを速くする。

ぬかるむ粘膜に摩擦熱が燃え広がり、歓喜が体内を駆け巡る。

「ああっ……、あ、あ、あっ」

ずるりと抜けた指が三本に増えて戻って来、深い場所をずんっと強く突き刺した瞬間、千隼の脳裏で火花が散った。

「――あぁっ！」

強烈な愉悦の波が四肢の先へ走り、腰が高く浮く。

そして、赤く腫れ上がった陰茎が根元からくねり躍って爆ぜた。

「くっ、ふ……ぅっ」

紫凰が指を抜いてくれず、内壁を引っ掻くように爪先をゆるゆる動かしていたせいで白濁が蜜口からもれ続け、ようやくとまったときには腹部に白い溜まりができていた。

「は……、ぁ、ぁ……」

萎えた陰茎の先から喜悦の残滓が細く糸を引いて垂れてゆくのを感じながら、胸を荒く上下させる千隼を紫凰がじっと見つめて双眸を細める。

「そなたは、どのようなときも本当に美しいな。嬉々として剣を揮っているときも、子をあやして相好《そうごう》を崩しているときも」

言葉をやわらかに紡ぐ紫凰の指が千隼の胸もとへ下りてきて、尖り勃つ乳首を弾いた。

「あっ」

「こうして、閨《ねや》の中で頬を悦びの色に染めているときも」

茵の上に散っていた千隼の手を取って引き寄せ、その指先に紫凰は口づけた。

「そなたが私のものであることが夢のようだ、千隼」

「殿下……」

嬉しくて、肌も眦も熱くなる。

自分を深く愛でる声が沁みこんできた胸に、ふとある思いが芽生える。

「俺も、殿下とこうしていられることが夢のようです」

それは何より、と微笑み、紫凰は千隼の手に優しい口づけを繰り返した。

そして、千隼の呼吸の荒さが治まると、その腹部を濡らす白濁を掬って、自身の昂りになすりつけた。

紫凰の手の中で肉の杭がさらに猛って逞しくなってゆくさまに、千隼はうろうろと視線を泳がせた。

「千隼……」

両脚を抱え上げられたとき、千隼は上半身を起こして、紫凰の胸を押した。

「殿下、待ってください……」

「どうした？」

不思議そうに問われ、千隼は頬を上気させて言う。

「今晩は……、白虎の殿下に抱かれたいです」

千隼の告げた願いに、紫凰は一瞬虚を突かれた顔になる。

「しかし……」

「俺は殿下のただひとりの妻ですから、殿下のすべてを愛して、愛されたいです」

紫凰は思案げな眼差しをしばらく千隼に向けていたが、やがて静かに首を振った。

「白虎の私の相手は、そなたには無理であろう」

「そんなことはありません」

紫凰は獣姿の自身と千隼との、体格の差を心配しているようだ。

小柄な人間の女人なら確かに無理かもしれないが、自分は男で、武人だ。少し不本意な気遣いに、千隼は声を高くして抗議する。

「俺の身体は頑丈です」

肩に引っかかっていた夜着を脱ぎ、千隼は固い決意を示す。

「それは知っておる。だが、問題はそこではない」

「では、どこですか」

すぐさま問い返した千隼の勢いに苦笑をもらしたあと、紫凰は獣姿になった。

それから、太い前肢で千隼を押し倒し、その顔を跨ぐ格好で言った。

「ここだ」

眼前に晒された白虎の猛りのあまりに獰猛な形状に、千隼は息を呑んだ。

人姿のときよりもさらに太く長い幹から、先ほど擦りつけた千隼の白蜜をねっとりしたたらせるそれには、亀頭がなかった。

だが、代わりに無数の小さな棘がある。

「あ……」

生々しい肉色をした幹をびっしりと覆ってぬらぬらと光る、数えきれない尖り。

その圧倒的な存在感に、思わず驚きの声がもれた。

「わかったか、千隼。これをそなたには挿れるのは、無理だ」

諭す口調で告げて、人姿に戻ろうとした紫凰の背に、千隼は腕を回す。

「無理じゃ、ありません」

なめらかな被毛を纏う温かな身体に抱きついて、千隼は言う。

獣姿の陰茎が多くの場合、人姿のものとは異なることは聞き知っていたものの、実際に見るのは初めてだ。目にした瞬間は驚きはした。

けれども、それは柔肌を裂く刃などではない。交わる相手に、愛の悦びを与えるものだ。手を伸ばして触れてみると、やはりその肉芽には鋭い硬さはなかった。しっかりとした張りと弾力を宿しているが、千隼の手の下でぐにぐにと柔軟に形を変える。

「この姿の殿下が、俺はほしいです」

ひどく官能的で雄々しい、白虎の肉の楔を扱きながらねだると、その先端から粘り気の強い淫液がぼたぼたと噴き出した。

「……っ、千隼……」

「それに、この姿で殿下に愛されたら、俺たちの白虎の子に早く会える気がするんです」

笑んで告げた直後、低い唸りが聞こえたかと思うと、ふいに紫凰の前肢に身体を転がされ、うつ伏せの格好になる。

「腰を上げて、脚を開け、千隼」

それは、初めて耳にする獣の声音だった。

濃密な情欲に耳朶を嬲られるかのようで、千隼は吐息を熱く震わせながら、紫凰に向けて腰を高く掲げ、脚を開いた。

紫凰がのし掛かってくると同時に、自ら晒した秘所がぬるつく熱塊にぐぅっと圧せられた。

「あ、ぁ……」

重く掛かる圧力で、窄まりの花襞が引き伸ばされ、内部がわずかに捲れてゆく感覚に、千隼は茵の上でのたうった。

「私を唆したのは、自分自身だということを忘れるでないぞ、千隼。どのような泣き言も、私は聞かぬゆえ、そう心せよ」

凄まじい力が、千隼の蕾を突いた。

割られた肉がじゅぼっとひしゃげる音がした。

「――ひうぅぅっ！」

隘路を躊躇なく割って掻き分け、潤みを宿す粘膜を尖り勃つ無数の淫棘《いんきょく》でごりごりとえぐりながら、白虎は千隼を貫いた。

ぬるるるっと体内へ侵入してきた獣の怒張の切っ先に、信じられない深みをずんっと突き掘られた瞬間、全身を電流が駆け抜けた。

快楽神経が灼け焦げそうな、あまりに強烈な歓喜に、千隼の陰茎は瞬時に芯を持って反り返り、びゅうっと白い蜜を飛ばした。

「あああぁ……！」

想像を絶するほど大きな喜悦の波に襲われ、千隼は目を眩ませて射精した。

「くっ……、あ、あ、ぁ……んっ」

雄をずっぽりと根元まで呑みこんだ肉筒は、極まりの快感に打ち震えて収斂《しゅうれん》する。

痙攣しながら狭まろうとしているのに、紫凰はその中で速く、荒々しい律動を始めた。

「ああっ！　や……っ、あぁんっ」

肉の収縮を容赦なく撥ね返され、震える粘膜を棘でごりごり擦られながら、隘路を激しく突き立てられ、捏ね回される。

たまらない愉悦が脳裏でひっきりなしに弾け、千隼はあられもない嬌声を高く散らす。

「あっ、は……っ、ん。あ、あ、あ……んっ！」

千隼は腰を右へ左へとくねらせて悶え、爪で茵をきつく引っ掻いた。

淫液にまみれた肉と肉がじゅぼじゅぼぬちゅぬちゅと擦れ合う卑猥な水音が沁みこんでくる鼓膜が、ひどく熱い。

どうしようもない熱さに思考が梳れていくようで、千隼は下腹部を波打たせて啜り泣く。

「あ、あ……っ。殿下、殿下……っ！」

「泣いても、私はとまらぬぞ、千隼」

人姿では決してできないだろう、獣独特の獰猛な腰遣いで千隼の中を出入りし、掘りえぐりながら紫凰は唸る。

「ち、ちが……っ」

下肢が熱く溶けてゆくような錯覚を覚え、千隼は背を弓なりに反らせて首を振る。

「どうし、よ……。いい……、いい、んですっ」

獣姿の紫凰を受け入れたのは初めてなのに、胸の奥から湧いてくるのは緊張や違和感ではなく、快感ばかりだ。

はしたない、どうしようと困惑しつつも、本能はもう悦楽に溺れてしまっている。

「殿下……、気持ち、い……」

ありのままの姿の紫凰に愛されることに、ただただ大きな悦びを覚え、深い幸福感の中で千隼は喘ぐ。

「……っ、千隼っ」

かすかに上擦る声で、紫凰が千隼の名を呼んだ直後だった。

雄の形が凶悪に変化した。うねる柔襞をぐぼぼぼぼっとえぐって、最奥へ伸び上がりながら膨張し、そして爆ぜた。

どっと噴出した夥しい量の精液が隘路の壁を強かに叩いて逆巻き、結合部からもれ飛ぶ甘美な感覚に千隼は絶叫し、逞しい雄にしがみついた。


――母上！

ふと、自分を呼ぶ子供の声を聞いた気がして、千隼は重い瞼を押し上げた。

身を起こし、辺りを見回す。

まだ青白い朝陽が格子の向こうからほのかにもれ広がる寝所には自分と、一晩かけてこの身体に幾度も愛をそそいでくれた大きな白虎の姿があるだけだ。

それから、高脚の棚の上でやわらかい朝陽を纏って淡く輝く蝉の抜け殻――。

「……どうした、千隼」

千隼が身じろぐ気配に気づいたらしい紫凰が青い目を開き、問いかけてくる。

「何だか、とても気持ちがよくて、目が覚めてしまったんです」

凜と澄んだ朝の空気を吸いこんで、千隼は微笑む。

「ほう。そなたは一晩中、気持ちがいいと繰り返しておったが、まだいいのか？」

紫凰は青い双眸を細め、揶揄う口調を向けてくる。

「ええ。とてもいいです」

「では、誰かが起こしに来る前に、もう一度、もっとよくなるか？」

素早く起き上がった紫凰が千隼を押し倒し、つやめかしい笑みをしたたらせる。

「それも捨てがたいですけど」

言って、千隼は紫凰の背に腕を回し、なめらかで豊かな被毛に顔を埋める。

「こうしていてください。殿下のこのふかふかした毛並みを思う存分独り占めできるのは、あともう少しのあいだでしょうから」

なぜだかはわからないけれど、千隼ははっきり感じていた。

あの声は、もうすぐ自分たちのもとへやって来てくれる二番目の白虎の子のものだと。

「そうか」

紫凰が、やわらかく声を響かせる。

「では、そうしているといい」

「はい、殿下」

千隼は、美しい縞模様の入った純白の毛に埋もれた。

そして、喜びがぱちぱちと膨らむ胸の中で願った。

もう、どれほど偉大に成長するのかを知ってはいるけれど、白蓮が——自分たちの初めての白虎の子が、これから困難を踏み越えて歩んでゆく道の先に幸多からんことを、と。

あとがき

ダリア文庫さんでは初めましての鳥谷しずと申します。私は「虎」と聞くと、反射的に「鬼のパンツ」が頭に浮かびます。で、昔、鬼のパンツはなぜに虎模様なのかを調べてみたことがあります。何やら難しい陰陽五行説に基づくもので、鬼門が丑寅《うしとら》の方角だから鬼には牛の角があり、虎柄のパンツをはいているそうなのですが、枯れ草畑な私の頭では「丑寅だから牛と虎？　要するに親父ギャグ？」的な理解しかできなかった上に、それよりも小ネタ的に一緒に記されていた、桃太郎が猿と雉《きじ》と犬を鬼退治のお供にしたのは申《さる》と酉《とり》と戌《いぬ》の方角が丑寅の反対側だから、ということに「ええー！　あの三匹にはそんな深い意味が！　そこらによく落ちてる動物を適当に拾ったんじゃなかったのか！」と衝撃を受けました。昔話って深いなあ、結局丑寅の意味はよくわかんなかったけど深いよなあ……としみじみとしてしまいました。

さて、今作は私のそんな頭の悪い感慨とは何の関係もなく生まれた白虎もふもふです。ＢＬ初心者の方にも読んでいただける話を目指したはずが、攻がナチュラルに露出狂だったり、私もナチュラルに獣姦を書いていたりで、とある担当さんに「鳥谷臭」と言われたものを拭えませんでした。しかし、高星麻子先生には本当に素晴らしい絵を描いていただきました！　感涙ものの美麗イラストで鳥谷臭の消臭剤になってくださった高星先生、担当様はじめ今作に関わってくださった皆様、そして読んでくださった皆様、本当にありがとうございました！

白蓮が
頭の上に蓮の花
乗せてる姿が
描きたくて…！
満足です。
ありがとう
ございました。
お幸せに！

初出一覧

ダリア文庫をお買い上げいただきましてありがとうございます。
この本を読んでのご意見・ご感想・ファンレターをお待ちしております。

〒170-0013 東京都豊島区東池袋3-22-17　東池袋セントラルプレイス5F
(株)フロンティアワークス　ダリア編集部
感想係、または「鳥谷しず先生」「高星麻子先生」係

白虎王の愛婚～誓いの家族～

2017年5月20日　第一刷発行
2017年6月20日　第二刷発行

著　者

鳥谷しず

発行者

辻 政英

発行所

株式会社フロンティアワークス
〒170-0013 東京都豊島区東池袋3-22-17
東池袋セントラルプレイス5F
営業　TEL 03-5957-1030
編集　TEL 03-5957-1044
http://www.fwinc.jp/daria/

印刷所

中央精版印刷株式会社